AF669055

दंश

दंश

शोभा त्रिपाठी

विद्या विहार, नई दिल्ली

प्रकाशक : बिद्या विहार, १६६० कूचा दखनीराय, दरियागंज, नई दिल्ली-११०००२

सर्वाधिकार : सुरक्षित
/ संस्करण : २०१६ / मूल्य : दो सौ रुपए
मुद्रक : नरुला प्रिंटर्स, दिल्ली ISBN 978-93-82898-80-1

DANSH *novel* by Smt. Shobha Tripathi ₹ 200.00
Published by Vidya Vihar, 1660 Kucha Dakhni Rai,
Darya Ganj, New Delhi-110002

पूज्य पितामह

स्व. श्री गुरु दयाल त्रिपाठी

की स्मृति में

सादर समर्पित

इस उपन्यास के सभी पात्र काल्पनिक हैं।
उनका किसी भी जीवित अथवा मृत व्यक्ति से
कोई संबंध नहीं है।

दो शब्द

अपनी दूसरी कृति 'दंश' प्रस्तुत करते हुए मुझे अपार हर्ष हो रहा है। प्रथम कृति 'जेवर' को मिले स्वागत एवं उत्साहवर्धन के लिए मैं अपने पाठकों के प्रति आभारी हूँ।

'दंश' एक ऐसी नारी-कथा है, जो राजवंश में होनेवाले 'नारी शोषण' का सजीव चित्रण प्रस्तुत करती है। दलित तथा निम्न वर्ग की महिलाओं पर हो रहे अत्याचारों का प्रशंसनीय चित्रण तो कई औपन्यासिक कृतियों में किया गया है, किंतु आज भी उच्च और कुलीन वर्गों की इन महिलाओं को शारीरिक व मानसिक यातना के किस दौर से गुजरना पड़ता है, यह सच्चाई कम ही लोग जानते हैं। ऊपर से खोखली हँसी हँसनेवाली इन महिलाओं के हृदय में कितने दर्द छिपे हैं, इसका प्रदर्शन वे सार्वजनिक रूप से भी नहीं कर पातीं। हर नारी की समस्याएँ एक होती हैं, चाहे वे किसी भी वर्ग का प्रतिनिधित्व क्यों न करती हों। हाँ, उनके आयाम और रूप बदल जाते हैं।

वर्ष 2001 को हम 'महिला सशक्तीकरण वर्ष' के रूप में मना रहे हैं। जहाँ तक मैं समझती हूँ, महिलाओं को अगर सच्चे अर्थों में सशक्त बनाना है, तो पहले हमें उनके संपूर्ण जीवन पर विहंगम दृष्टि डालनी होगी, जिससे यह पता चल सके कि महिलाएँ किस प्रकार जीवन की विसंगतियों, सामाजिक

जड़ता और विवशताओं को झेलती हुई अशक्त हैं। महिलाओं की समस्याएँ क्या हैं, विवाह से पूर्व तथा विवाह के पश्चात् वे किस तरह का जीवन जीती हैं—इन सब बातों का अध्ययन और विश्लेषण करके ही हम महिलाओं को सशक्त बना सकते हैं। इसके लिए हमें कुछ सख्त तथा कठोर नियम बनाने होंगे।

वर्तमान समय में जो सबसे बड़ी समस्या है, वह है पारिवारिक विघटन की। तलाक के बढ़ते मामले, उच्च तथा मध्यम वर्ग तक की गृहिणियों में असुरक्षा का बढ़ता भाव, चालीस की अवस्था पार करते ही पति का पत्नी के प्रति आकर्षण में कमी और फलतः पति द्वारा तलाक का रास्ता चुनना, ताकि वह पत्नी से छुटकारा पा सकें। लेकिन जो अपने सबसे कीमती वर्ष अपने पति पर न्योछावर कर चुकी होती हैं, निराश्रित और असुरक्षित हो जाती हैं (नौकरीशुदा महिलाओं को छोड़कर)। वे उम्र के उस पड़ाव पर पहुँच जाती हैं, जहाँ जीविकोपार्जन करना उनके लिए दुरूह हो जाता है। अतः हमें तलाक के आधारों को तय करना होगा। अगर पति-पत्नी एक लंबा समय साथ-साथ व्यतीत कर चुके हों तो उनके तलाक को चालीस वर्ष के पश्चात् अमान्य कर देना चाहिए।

यह तो समस्या का मात्र एक पहलू है। आएदिन महिलाओं द्वारा की जानेवाली आत्महत्याओं ने भी मुझे इस विषय पर सोचने को मजबूर कर दिया है कि आखिर महिलाएँ जन्म से लेकर मृत्यु तक समस्याओं से ग्रस्त क्यों रहती हैं? हर जगह शोषण का शिकार क्यों होती हैं? भारत में ही नहीं, संपूर्ण विश्व में, उन देशों में भी—जो प्रगतिशील होने का दावा करते हैं, महिलाओं का सामाजिक शोषण होता है।

यह सही है कि महिला मुक्ति आंदोलन के प्रभाव में आज भारत की महिलाओं में प्रगतिशीलता आई है। कतिपय लोगों द्वारा महिलाओं को उनका उचित स्थान और सम्मान भी

दिया जाने लगा है; लेकिन दुर्भाग्य है कि यह संख्या मात्र दस प्रतिशत ही होगी। भारत की नब्बे प्रतिशत महिलाएँ आज भी अपने समुचित स्थान के लिए संघर्ष कर रही हैं। मैं तो समझती हूँ कि ऐसा दिन कभी न आए, जब हमें महिलाओं को सशक्त बनाने के लिए 'महिला सशक्तीकरण वर्ष' मनाना पड़े।

मैंने 'दंश' के माध्यम से ऐसी ही एक संघर्षरत महिला का चित्रांकन किया है, जो राजवंश की परंपरा को तोड़कर अपने बच्चे का उचित ढंग से लालन-पालन करती है तथा समाज में भी अपनी एक सम्मानित स्थान बनाती है। आशा है कि मेरे इस विनम्र प्रयास पर पाठकगण अपनी बेलाग टिप्पणी अथवा प्रतिक्रिया से मेरा उत्साहवर्धन करेंगे। आपके सुझावों की हमें प्रतीक्षा रहेगी।

—शोभा त्रिपाठी

दंश

मेज पर रखा अखबार पंखे की हवा से फड़फड़ा रहा था; किंतु उसपर रखा पेपरवेट उसको उन्मुक्त होने से रोक रहा था। गुंजन प्रस्तर प्रतिमा-सी बैठी उस फड़फड़ाते अखबार को देख रही थी। उसके हृदय की निःशब्द फड़फड़ाहट अखबार की फड़फड़ाहट में तब्दील हो गई। तभी उसके होंठों से अस्फुट शब्द निकल ही गए, 'आखिर तुम्हें अपने किए की सजा मिल ही गई।' इन्हीं शब्दों के साथ उसकी आँखों से आँसू बह निकले और वह अखबार की मुख्य खबर को फिर से पढ़ने लगी—'देश के नेता समर बहादुर सिंह की सड़क दुर्घटना में मृत्यु', फिर ये आँसू धुँधली यादों में परिवर्तित हो गए।

गुंजन सिंह, जो स्वयं एक राज-परिवार से संबंध रखती थी, ने अभी केवल सोलहवाँ वसंत ही देखा था कि एक प्रतिष्ठित परिवार की इकलौती संतान समर बहादुर सिंह के साथ उसका विवाह तय कर दिया गया। उस समय राजघरानों तथा प्रतिष्ठित घरानों की लड़कियों का विवाह अल्प आयु में ही कर देने की प्रथा थी। आँखों में सतरंगी सपने सँजोए गुंजन समर बहादुर सिंह के साथ विदा हो गई। छह-सात घंटे के सफर के बाद उसने घूँघट की ओट से देखा कि उसकी गाड़ी एक बहुत बड़ी हवेली में प्रवेश कर रही है, जिसे उसके स्वागत के लिए दुलहन की तरह सजाया गया था। बैंड-बाजों के शोर

के बीच उसकी गाड़ी मुख्य द्वार पर जाकर खड़ी हो गई।

अभी वह सिमटी सी बैठी ही थी कि एक रोबीली जनाना आवाज ने उसे चौंका दिया, ''बहूरानी, उतरिए।''

इस आवाज की तरफ गुंजन की आँखें स्वतः ही घूम गईं। उसके सामने एक प्रौढ़, मगर खूबसूरत चेहरा आया। वह शायद उसकी सास थी। वह धीरे से उतरी। आरती के बाद उसने अपना पहला कदम ससुराल की देहरी पर रखा ही था कि खिलखिलाती हुई दासियों के समूह ने उसको चारों ओर से घेर लिया। इस बीच उसके पति कहाँ चले गए, वह जान नहीं पाई।

तभी एक शोख व मुँहलगी दासी ने सबको हटाते हुए कहा, ''चलो सब, बहूरानी को आने दो।''

गुंजन ने एक भरपूर नजर उसपर डाली। कसी अँगिया में उसका भरपूर यौवन मानो छलक ही पड़ना चाहता था। उसपर उसकी शोखी उसे विशिष्ट बना रही थी। इस शोखी में वाचालता का भी समावेश था। वह राजमाता के साथ ही पूजा की थाली पकड़े चल रही थी। अंदर पहुँचकर परंपरागत रस्मों को निपटाने में ही रात हो गई। वह थककर चूर हो चुकी थी। शायद उसकी व्यथा राजमाता ने जान ली। उसे उसी मुँहलगी दासी के साथ एक भव्य तथा सजे शयनकक्ष में भेज दिया गया।

शयनकक्ष में पहुँचते ही गुंजन को बड़ी राहत मिली। वह बिस्तर के पास पड़े दीवान पर लेट गई। तभी वह दासी उसके पैर दबाने लगी। बातों-ही-बातों में दासी ने अपना नाम 'सोना' बताया। गुंजन ने सोना को स्नान की तैयारी करने भेज दिया और वह अपने आनेवाले क्षणों के विषय में सोचने लगी कि कब उसका प्रियतम से समागम होगा। अभी तो वह उन्हें ठीक से देख भी नहीं पाई है। अभी वह विचारों में ही निमग्न थी कि आवाज आई—''बहूरानी! पानी लग गया, आप स्नान कर

लीजिए।'' इस आवाज ने उसका ध्यान भंग कर दिया। प्रत्युत्तर में उसने मुसकराकर सोना से 'अच्छा' कहा और स्नानघर की ओर बढ़ गई।

स्नान के पश्चात् गुंजन की सारी थकान जाती रही। स्नान करके वह जैसे ही अपने शयनकक्ष में आई, दासियों ने उसको सुहागरात के लिए तैयार करना शुरू कर दिया। सर्वप्रथम उसका संपूर्ण शरीर गुलाबजल से भीगे तौलिये से पोंछा गया, तब गुलाब की सुगंध उसके तन-मन में समाई। फिर इत्र उसके विशेष स्थानों पर लगाया गया, जिससे वह ही नहीं, पूरा कक्ष ही सुवासित हो उठा। फिर तरह-तरह के सुगंधित लेप उसके अंगों पर लगाए गए, जिससे वह अपने को बहुत हलका-फुलका व तनाव रहित महसूस करने लगी। अंत में उसे नववधू के वस्त्र पहनाकर फूलों से अंतिम श्रृंगार किया गया। इसके पश्चात् एक दासी चाँदी के वर्क में लिपटा पान लेकर आई, जिसको गुंजन ने अपने मुँह में रख लिया तथा सभी दासियों को कक्ष से बाहर जाने का आदेश दिया। वह दर्पण में स्वयं का अवलोकन करना चाहती थी। सबके जाने के पश्चात् गुंजन ने स्वयं को आदमकद दर्पण में निहारा। अपना रूप देखकर वह स्वयं पर मुग्ध हो गई और आराम करने के उद्देश्य से दीवान पर मसनद लगाकर लेटकर अपने प्रियतम का इंतजार करने लगी। नींद की खुमारी से उसकी पलकें बोझिल होने लगी थीं।

तभी कुछ आहट सुनकर उसकी आँखें खुलीं। उसने देखा कि उसका पति सोना के गले में बाँहें डाले नशे में धुत्त खड़ा था। उसका एक हाथ सोना के उरोजों को छू रहा था। गुंजन के देखते-ही-देखते उसके हाथ सोना के यौवन में कसते चले गए।

सोना सिसक पड़ी तथा मद भरे अंदाज में बोली, ''राजकुमारजी, मैं बहूरानी नहीं, सोना हूँ, सोना। अब आप ये

सब खिलवाड़ अपनी पत्नी से कीजिए।'' यह कहकर उसने अर्थपूर्ण दृष्टि गुंजन पर डाली, जो पाषाण प्रतिमा-सी अपनी जगह बैठी थी।

तभी राजकुमार समर बहादुर सिंह की आवाज गूँजी, ''सोना! तुम्हारा कोई जवाब नहीं।''

सोना किसी तरह अपने को छुड़ाकर खिलखिलाती हुई वहाँ से भाग गई। गुंजन असमंजस में शून्य-सी बैठी रही। तभी उसे अपने पति के बड़बड़ाने की आवाज सुनाई दी। उसे अपने कर्तव्य का भान हुआ। वह उठकर उनके पास पहुँची ही थी कि सुहाग-कक्ष खर्राटों से गूँजने लगा। गुंजन परकटे पक्षी की भाँति फड़फड़ाकर रह गई। विवशता में उसकी आँखों से आँसू बह निकले। उसके सभी अरमानों का अंत हो गया। वह चीख-चीखकर रोना चाहती थी, किंतु राजघरानों की मर्यादाओं ने उसकी चीख को गले में ही घोंट दिया। निःशब्द आँसुओं को बहने से वह रोक नहीं पाई। उसी अवस्था में न जाने कब वह तन-मन से निढाल दीवान पर ही सो गई, उसे पता नहीं चला।

किसी के स्पर्श से उसकी नींद टूटी। वह चौंककर उठना ही चाह रही थी कि सशक्त पाश ने उसे उठने नहीं दिया। उसने देखा कि उसका पति निर्दयतापूर्वक उसके कपड़ों को नोच रहा था।

गुंजन को ऐसा प्रतीत होने लगा कि सैकड़ों नाग उसके शरीर पर रेंग रहे हैं, जिनके लिजलिजे स्पर्श से उसके शरीर पर मानो सैकड़ों सुइयाँ चुभ रही हों, जिनकी पीड़ा से उसका हृदय छलनी हो चुका हो। इस यातनापूर्ण दौर से न जाने कब तक वह जूझती रही, इसका उसे अहसास तक नहीं हुआ। जब वह होश में आई तो उठकर कपड़े पहनने चाहे; लेकिन उसके सुहाग की चोली व दुपट्टा कई जगह से फट गए थे। आँसुओं

व शरीर की वेदना ने उसे जड़ कर दिया। वह जान गई कि नियति के हाथों वह बुरी तरह से छली गई है। उसके कपड़े ही नहीं, उसकी जिंदगी भी तार-तार हो चुकी है। उसे अपने ही शरीर से घिन आने लगी। बार-बार सहेलियों द्वारा किया गया सुहागरात का वर्णन उसकी आँखों के सामने घूमने लगा। वह अपने आप से सवाल करने लगी—'क्या यही है सुहागरात? जहाँ न घूँघट उठा, न पति से प्यार भरी बातें हुईं और न ही दोनों ने एक-दूसरे को कोई उपहार ही दिया। बदले में बस उसे मिली शारीरिक व मानसिक यंत्रणा, उपहार के रूप में। मिला भी तो सिर्फ फटा हुआ सुहाग-जोड़ा, जिसे कुछ समय पूर्व पहनकर वह स्वयं पर इतरा रही थी।' उसके पति ने उसके रूप का जो मान-मर्दन किया वह सारी जिंदगी उसकी पीड़ा से मुक्त नहीं हो सकेगी। उसे लगा कि उसका संपूर्ण शरीर गंदगी का ढेर बन गया है। उसे अपने अंदर वही गंदगी रिसती मिली, जिसने 'रानी' व 'दासी' सोना का भेद खत्म कर दिया।

वह उसी अवस्था में स्नानघर जाकर अपना शरीर रगड़-रगड़कर धोने लगी; लेकिन फिर भी वह अपने को साफ-शुद्ध नहीं समझ पा रही थी, गंदगी ने उसके संपूर्ण अस्तित्व को प्रभावित कर दिया था। तभी उसने आदमकद शीशे में अपने को निहारा। उसके शरीर पर जगह-जगह दंश के निशान थे। उसने एक बार फिर उन अमिट चिह्नों को धोने का असफल प्रयास किया, फिर फफककर फूट-फूट के रोने लगी। उसकी सिसकी पानी के बहने के स्वर में दबकर रह गई। उसे लगा कि इस दंश के कारण ही उसका शरीर विषाक्त होता जा रहा है, जिसके कारण उसका स्वाभिमान, वजूद सबकुछ खत्म हो रहा है। वह न जाने कितनी देर तक रोती रही। तभी बाहर जागरण के चिह्नों ने उसे सचेत कर दिया। वह सोचने लगी कि क्या नियति की क्रूरता को

स्वीकार कर सबके सामने उसे खुश होने का ढोंग करना होगा? अभी वह यह तय नहीं कर पा रही थी। वह यह जान गई थी कि जीवन के चक्रव्यूह में वह बुरी तरह से फँस गई है, जहाँ से बाहर निकलना मुमकिन नहीं। उसने देखा कि उसका पति अभी भी सो रहा है। तभी घड़ी ने पाँच बजने की सूचना दी। उसने अपना सुहाग-जोड़ा सँभालकर रख दिया बक्से के सबसे नीचेवाले हिस्से में। फिर अपने को संयत करने का प्रयास करने लगी। लेकिन आँसू थमने का नाम ही नहीं ले रहे थे। शयनकक्ष के साथवाले कक्ष में जाकर निढाल हो वह गिर पड़ी। पति के साथ शयनकक्ष में रहने का उसका मन नहीं कर रहा था। तन व मन से थकी वह नींद की गोद में समा गई।

न जाने कितनी देर वह बेसुध सोती रही। तभी दरवाजा खटखटाने के शोर से उसकी नींद टूटी। दरवाजा खोलने पर उसने देखा, चार-पाँच दासियों का समूह उसकी सेवा के लिए खड़ा था। दासियों द्वारा तैयार कराने पर और उनके बार-बार अनुरोध करने पर भी अपना अक्स शीशे में देखने का उसका मन नहीं किया। वह अनमनी सी कक्ष से बाहर निकल आई। हॉल में प्रवेश करने पर उसने राजमाता को अपना इंतजार करते पाया। चरण-वंदना करने के पश्चात् वह उन्हीं के पास बैठ गई। अनुभवी आँखों ने उसके चेहरे में छिपी उदासी को पहचान लिया। राजमाता ने सांत्वना के रूप में मात्र सिर पर हाथ फेर दिया। अनायास ही गुंजन की आँखों से आँसू निकल पड़े। तभी दासी ने नाश्ता लाकर दोनों के समक्ष रख दिया, जिसे प्यार-दुलार से राजमाता गुंजन को खिलाने लगी।

उसी समय इठलाती हुई सोना वहाँ आ पहुँची और अभिवादन के पश्चात् राजमाता से बोली, "राजमाता, अगर आदेश हो तो कुँवर साहब को भी जगा दूँ।" इस वाक्य के

साथ एक अर्थपूर्ण मुसकान के साथ एक नजर उसने गुंजन पर डाली, जिसे शायद राजमाता ने देख लिया।

आदेशात्मक लहजे में वे बोलीं, "सोना, अब तुम्हें राजकुमार के कार्यों से मुक्त किया जाता है और आज से तुम्हारा कार्य रसोइया की मदद करना होगा।"

राजमाता के इस आदेश से सोना के ऊपर मानो बिजली गिर पड़ी। वह अभिवादन करके तत्काल वहाँ से चली गई।

गुंजन ने आदरपूर्वक राजमाता को देखा, तो बदले में वह मुसकराईं और बोलीं, "बेटी, जाओ, समर को जगा दो। अब तुम्हें ही उसे सँभालना है।" इस कथन के साथ ही एक दर्द उनके चेहरे पर उभर आया, जिसे छिपाने के लिए वे वहाँ से चली गईं।

गुंजन अच्छी तरह जानती थी कि राजमहलों में रहनेवाली औरतें सबकी तरह सार्वजनिक रूप से आँसू भी नहीं बहा सकती हैं, चाहे उनका हृदय कितनी ही पीड़ा से भरा क्यों न हो। बचपन से राजमहलों में रहनेवाली लड़कियों को यही शिक्षा दी जाती है। उनका जीवन मात्र औपचारिकता निभाने में ही बीत जाता है। इस औपचारिकता भरे जीवन को वे मरते दम तक जीती रहती हैं। अगर कोई उसको तोड़ने का साहस करती है तो यह कथित मर्द रिश्तेदार गुपचुप तरीके से उसका अंत करवा देता है। गुंजन को अपने बचपन की वह घटना आज भी याद है। किस प्रकार उसकी बुआ को मात्र इसलिए विष देकर मार दिया गया था, क्योंकि वह विजातीय लड़के से प्रेम करने लगी थीं। उनके इस कृत्य के लिए महल में अचानक बीमार होकर मरने की बात फैला दी गई थी। सबकुछ जानने के बाद भी खुलकर किसी को कुछ भी कहने का साहस नहीं हुआ। वह अच्छी तरह जानती थी कि उसकी इस स्थिति को उसके घर में भी कोई नहीं समझेगा। उसको इसी स्थिति में जीना है।

राजमाता का आदेश पालन करने के लिए वह उठ खड़ी हुई।

धीरे-धीरे चलती हुई वह अपने शयनकक्ष में पहुँची। उसका पति अब भी सो रहा था। उसको देखकर गुंजन के मन में फिर से कसक उठने लगी। उसके हृदय में पुनः घृणा का सागर उमड़ने लगा; परंतु विवेक ने उसके मन के भावों को शांत किया, क्योंकि औरत जहाँ तक संभव हो सकता है, निभाने का पूरा प्रयत्न करती है। एक ठंडी साँस लेकर उसने अपनी दृष्टि सोए पति पर जमा दी। इस समय उसके चेहरे की शैतानियों ने भोला रूप अख्तियार कर लिया था। वह शांत भाव से सोया किसी मासूम बच्चे की तरह लग रहा था। गुंजन ने मन-ही-मन कहा कि क्या यह वही शख्स है, जो रात में वहशी बन गया था? फिर उसने धीरे से समर बहादुर सिंह को आवाज देकर उठाया।

वह हड़बड़ाकर उठ बैठा। अनायास ही उसकी नजर गुंजन की तरफ चली गई। उसकी सुंदरता ने उसे मंत्रमुग्ध कर दिया। लाल किनारी की पीली साड़ी में उसका मुख पीली आभा से दमक रहा था। ऐसे रूप-सौंदर्य का वही मालिक है, यह सोचकर वह गर्वित हो उठा। लेकिन अपने रात के व्यवहार के लिए वह थोड़ा सा लज्जित हुआ। परंतु राजदंभ ने उसे पुनः जकड़ लिया कि राजकुमार अपने किए पर पछताते नहीं। उसने बचपन से यही सीखा था।

वह कुछ बोल पाता, तभी उसके कानों में एक मधुर, परंतु कठोर स्वर सुनाई पड़ा, "आपको राजमाताजी अपने कक्ष में बुला रही हैं।" इतना कहकर गुंजन तीर की भाँति वहाँ से निकल गई।

समर बहादुर सिंह किंकर्तव्यविमूढ़ सा बैठा कुछ देर शून्य में ताकता रहा, फिर गुस्से में भरकर राजमाता के कक्ष की ओर चल पड़ा।

राजमाता अपने कक्ष में बैठी किसी सोच में डूबी थीं। तभी धड़धड़ाते हुए राजकुमार ने प्रवेश किया और क्रोध में बोला, "माँ, सोना कहाँ है? वह आज मुझे जगाने क्यों नहीं आई?"

प्रत्युत्तर में राजमाता ने बहुत ही संयत आवाज में कहा, "कुँवर, सोना को तुम्हारी सेवाओं से मुक्ति दे दी गई है। अच्छा होगा कि तुम अब अपनी जिम्मेदारियों को समझो; क्योंकि विवाह से पहले और विवाह के पश्चात् आदमी की स्थिति में काफी परिवर्तन हो जाता है। मुझे उम्मीद है कि तुम मेरी बात को समझकर अपने में परिवर्तन लाने का प्रयत्न करोगे।"

राजमाता के कहे ये धीर-गंभीर वचन सुनकर राजकुमार ठगा सा रह गया, फिर गुस्से से उफनता, पैर पटकता वहाँ से चला गया।

दूसरी तरफ गुंजन आनेवाले तूफान से वाकिफ पूजाघर में बैठी भगवान् से शिकायत भरी याचना कर रही थी। तभी एक जोरदार गर्जन ने उसकी तंद्रा भंग कर दी—"राजमाता से मेरी शिकायत की!" गुंजन ने पलटकर देखा, उसका पति आग्नेय दृष्टि से उसको देख रहा था।

"मैंने किसी से कुछ नहीं कहा।" यह कहकर उसने पुनः आँखें बंद कर लीं। यह बात और थी कि उन बंद आँखों से भी आँसू बह निकले थे। वह पूजाघर में बैठी भगवान् के सामने आँसू बहाती रही। लेकिन वह जानती थी कि उसकी प्रार्थना भगवान् भी नहीं सुन सकते थे। वह तो जन्म के साथ ही अपना भाग्य लिखवाकर आई थी। तभी किसी के स्नेहिल स्पर्श ने उसे चौंका दिया। उसने देखा कि राजमाता उसके पास खड़ी प्यार से उसके सिर पर हाथ फेर रही हैं। वह उनका हाथ पकड़कर जोर-जोर से रोने लगी।

राजमाता ने उसे ढाढ़स बँधाते हुए अपने पीछे आने को

कहा। वह यंत्रवत् राजमाता के पीछे चल पड़ी। कक्ष में पहुँचकर राजमाता ने कपाट बंद कर लिये। गुंजन को प्यार से समीप बैठाकर उसे संयत करने का प्रयास करने लगीं, ''बेटी, तुम तो यह जानती ही होगी कि हम लोगों की परवरिश किस आडंबरपूर्ण माहौल में की जाती है। हम राजघरानों में रहनेवाली औरतों का अपना कोई नहीं होता; न भाई, न पिता, न पति और न बेटा। हम लोग तो सदियों से मात्र दो राजघरानों को जोड़ने का साधन बनी हुई हैं। हमारी भावनाओं का कोई मूल्य नहीं होता। हमें तो ऐशोआराम की सभी सुविधाएँ देकर ये लोग अपने कर्तव्यों की इतिश्री समझ लेते हैं; लेकिन हमारे दिल में उभरते दर्द को कोई नहीं समझ पाता। हमसे खुशनसीब तो हमारी दासियाँ और अन्य महिलाएँ हैं, जिन्हें कम-से-कम अपने पति व बच्चों का प्यार तो मिलता है। गहनों के बोझ से लदी हम रियासत की कुछ महिलाएँ इसी जिंदगी में रमकर खुशी तलाश कर लेती हैं, तो कुछ दुःखों के बोझ से आजीवन तड़पती रहती हैं। इन्हीं दुखियारी महिलाओं में से हम हैं—मैं यह भी जानती हूँ सुहागरात में तुम पर क्या कहर बरपा होगा। इसमें मैं कुँवर को दोष नहीं दूँगी; क्योंकि बचपन में उसे जैसा वातावरण मिला, वह बड़ा होकर वही बना। तुम तो हमसे अच्छी किस्मतवाली हो, जो रात में अपने पति का चेहरा तो देख पाईं। हमें तो रात में कभी भी यह सुख नसीब नहीं हुआ।'' यह कहते-कहते राजमाता का गला अवरुद्ध हो गया।

गुंजन अपना दुःख भूलकर अवाक् उनकी ओर देखती रही। राजमाता का चेहरा पीड़ा से विवर्ण हो रहा था। लगता था कि पीड़ा सहते-सहते उनकी आँखों के आँसू भी सूख चुके हैं। इसलिए उन रीती आँखों में नमी का नामोनिशान नहीं था।

कुछ देर रुककर राजमाता ने कहना आरंभ किया, ''बेटी, मुझे अपने पति का सान्निध्य पूरे सात दिन बाद मिला। वह

भी दिन में, वरना रात को वह रंगमहल में महफिल सजाए रहते और नशे में धुत्त होकर वहीं किसी रक्काशा की बाँहों में रात बिताते। हमारी किस्मत में मात्र इंतजार लिखा होता है या बचा-खुचा प्यार। यही हमारी जिंदगी की कहानी है। हमारा उपयोग तो मात्र राजघरानों के वारिस को जन्म देना होता है। यह तो हुई मेरी जिंदगी की कहानी। अब इसका फैसला तुम ही करना कि जैसी परवरिश कुँवर को मिली उसके कारण ही वह आज इस तरह का इनसान बन गया है। इसी तनाव भरे क्षणों में मैं गर्भवती हो गई तो पूरे महल में खुशियाँ छा गईं। मेरे पति ने केवल बधाई देकर औपचारिकता निभा दी। फिर समर बहादुर को जन्म देकर मैंने भी अपने उत्तरदायित्व को निभा दिया। इसके बाद मेरे स्वाभिमान ने दुबारा महाराज की अंकशायिनी बनने से मुझको मना कर दिया। इसका तनिक भी प्रतिकूल प्रभाव मेरे पति पर नहीं पड़ा। शायद अब उनको मेरी आवश्यकता ही नहीं रह गई थी। अब वे ज्यादा-से-ज्यादा समय रँगरेलियाँ मनाने लगे और मैं अध्ययन-अध्यापन व कुँवर के लालन-पालन में। कुछ समय पश्चात् मैं कुँवर के उत्तरदायित्व से भी मुक्त घोषित कर दी गई। उसके इर्द-गिर्द दास व दासियों की फौज लगा दी गई, जिसमें माँ की ममता का कोई स्थान नहीं था। इन्हीं दासियों के संरक्षण में कुँवरजी बड़े होने लगे और किशोरावस्था तक आते-आते अपने पिता के रंग में रँग गए—रोज नई-नई लड़कियों को अपनी वासना का साधन बनाना इसका प्रिय शगल बन गया।''

''आपने मना नहीं किया?'' गुंजन ने तारतम्य को जोड़ते हुए राजमाता से पूछा।

''मना किया था। एक दिन मैंने कुँवरजी को बुलाकर उनको समझाना चाहा, लेकिन उसी समय मेरी सास ने आकर हस्तक्षेप किया और कहा—'बहू, यह सब तो राजकुमारों की

शान का प्रतीक है। राजकुमारों के इस क्रियाकलाप को कोई ऐब नहीं माना जाता।' कुँवरजी मेरी बात को सुनने के बजाय मेरे मुँह पर व्यंग्यात्मक हँसी हँसकर चले गए। मैं यह जान गई कि नक्कारखाने में तूती की आवाज करना व्यर्थ है। यहाँ उसकी तब तक नहीं सुनी जाएगी जब तक वह स्वयं राजमाता का दरजा न प्राप्त कर ले। लेकिन तब तक बहुत देर हो गई, कुँवरजी पूरी तरह हाथ से निकल गए थे। अब तुम्हीं बताओ, इसमें कुँवरजी का क्या दोष है? दोष तो यहाँ के वातावरण का है, जिसमें उसकी परवरिश हुई। बेटी, अपने प्यार से कुँवर को सँभाल लो। मैं तुमसे यह वादा करती हूँ कि मैं अपनी सास की तरह तुम्हारे रास्ते में नहीं आऊँगी, बल्कि तुम्हारा सहयोग ही करूँगी।''

गुंजन यह सब सुनकर जड़ सी रह गई। वह तो अपने दुःख को ही महान् समझ बैठी थी; लेकिन राजमाता के दर्द के आगे उसका दुःख कुछ भी नहीं था। ऊपर से हँसने-मुसकरानेवाली राजघराने की ये स्त्रियाँ अपने अंदर कितना बड़ा ज्वालामुखी छिपाए रहती हैं, उसे आँखों की नमी देकर ठंडा किए रहती हैं। लेकिन धीरे-धीरे यही ज्वालामुखी की जलन असमय ही उनके प्राण ले लेती है। 'नहीं, मैं ऐसा नहीं होने दूँगी। मैं कुँवर को बदलकर रहूँगी। मुझे इसके लिए चाहे कितना भी त्याग क्यों न करना पड़े।' यह निश्चय कर वह बोली, ''राजमाता, आप चिंता न करें। आप जैसा चाहती हैं, मैं वैसा ही करने का प्रयास करूँगी।'' इस निश्चय के साथ उसे बड़ी शांति मिली और वह अपने शयनकक्ष की ओर चल दी, जहाँ कुँवरजी गुस्से में परिचारिकाओं पर बरस रहे थे।

गुंजन के कमरे में प्रवेश करते ही सभी अचकचाकर चुप हो गए। उसने सब परिचारिकाओं को कक्ष से बाहर जाने का इशारा किया। क्षण भर में ही कक्ष खाली हो गया। तब उसने

कुँवरजी से बड़े ही शांत भाव से पूछा, "कहिए, आपको क्या चाहिए?"

"मेरी जिंदगी में दखल देने की तुम्हें क्या आवश्यकता थी? तुम्हें जो चाहिए था वह सब तुम्हें मिला। धन-दौलत, कपड़ा-जेवर?" कुँवरजी ने चिढ़कर लगभग चीखते हुए कहा।

"मुझे आपसे केवल पति का प्यार और पत्नी का अधिकार चाहिए।"

"यह गोल-मोल उत्तर देकर मुझे बहलाने की कोशिश मत करो। मेरा जो मन आएगा, मैं करूँगा। तुमने सोना को मुझसे दूर क्यों किया?"

"मैंने किसी को भी आपसे दूर नहीं किया, बल्कि मैं खुद आपके नजदीक आना चाहती हूँ।" गुंजन ने मुसकराते हुए कहा। इससे समर बहादुर और भी चिढ़ गए और ऊँची आवाज में बोले, "तुम क्या समझती हो, सोना को तुमने मुझसे दूर कर दिया! सोना नहीं तो कोई और सही। मेरे लिए औरतों की कोई कमी नहीं।"

"हाँ, ठीक ही कहा आपने, सोना जैसी तो कई मिल जाएँगी आपको; लेकिन दूसरी गुंजन नहीं मिलेगी।"

अब कोई भी उत्तर नहीं था कुँवरजी के पास। वह घूमकर स्नानकक्ष की ओर बढ़ गए। गुंजन के होंठों पर एक विजयी मुसकान तिर गई। जब वह शयनकक्ष से बाहर आई तो उसके चेहरे पर आत्मविश्वास की चमक थी। उसने दासी को कुँवर साहब का नाश्ता कक्ष में ही भेजने का आदेश दिया तथा पुनः कक्ष की ओर बढ़ गई।

जब वह कक्ष में पहुँची तो देखा, कुँवर साहब स्नान करके बाहर आ चुके थे। उसने सभी आवश्यक वस्तुएँ स्वयं कुँवरजी को दीं, जिसे थोड़े अनमने भाव से उन्होंने स्वीकार कर लिया। किंतु सहसा सेवक का नाम लेकर पुकारने लगे, क्योंकि बचपन

से स्वयं तैयार होने की आदत तो थी नहीं।

गुंजन ने कहा, "आप सेवक को क्यों पुकार रहे हैं? मैं जो आपकी दासी आपके समक्ष खड़ी हूँ, मुझे आज्ञा दीजिए।"

"नहीं, मैं स्वयं तैयार हो लूँगा, मुझे किसी की आवश्यकता नहीं। तुम जा सकती हो।" कुँवर ने तमतमाकर उत्तर दिया।

"ठीक है, आप अपना काम कीजिए, मैं अपना काम करती हूँ।"

कुँवरजी अपने केशों को स्वयं सँवारने लगे। गुंजन कनखियों से अपने पति के रूप को निहारने लगी।

सच में कुँवरजी रूप-रंग व शारीरिक सौष्ठव में कामदेव से कम नहीं लग रहे थे। उनके बलिष्ठ व चौड़े सीने पर दृष्टि पड़ते ही गुंजन शरमा गई, जिसे दर्पण में कुँवरजी ने भी देख लिया। लेकिन वाह रे मर्द होने का दर्प! अपनी पत्नी के इस प्यार का जवाब भी वह प्यार से न दे सके। वह जल्दी-जल्दी तैयार होने लगे। उनकी इस असहजता को महसूस कर गुंजन साथवाले कक्ष में चली गई और नाश्ते पर आने का इंतजार करने लगी।

तैयार होकर कुँवरजी नाश्ते की मेज पर आए और भन्नाकर बोले, "यह क्या नाश्ता मँगवाया है? तुम नहीं जानतीं, मैं ये सब नहीं खाता!"

बिना कुछ कहे गुंजन ने मदिरा का गिलास कुँवरजी के हाथों में थमा दिया।

"बहुत होशियार हो," कहकर मुसकराते हुए वे गिलास को एक ही बार में खाली कर गए और फिर से उसे भरने को कहा।

"प्लीज! आप दिन में इतना मत पीजिए, दिन में आपको अन्य कार्य भी देखने हैं।"

"तुम कल की आई मुझे सिखाती हो! जाओ, गिलास भरकर लाओ।"

गुस्से में गुंजन ने पूरी बोतल ही कुँवरजी के सामने रख दी। लेकिन शायद अपने अहंकार की तुष्टि होने के साथ ही दूसरा पेग लेने के बाद कुँवरजी चुपचाप उठकर कक्ष से बाहर चले गए।

अब गुंजन ने अपने पूरे महल का अवलोकन करने की ठानी। कई परिचारिकाओं के साथ वह महल का कोना-कोना देख आई। सच! शिल्पकार ने महल की भव्यता में कोई कसर नहीं छोड़ी थी। फिर वह अपने निवासवाले हिस्से की ओर बढ़ी। कई छोटे-बड़े कक्षों व झरोखों को मिलाकर उसका हिस्सा तैयार किया गया था। गुंजन ने नए सिरे से अपने कक्ष की सजावट करने की सोची। उसका शयनकक्ष बीचोबीच बना था, जिसके एक तरफ स्नानघर तथा उससे लगा एक छोटा कक्ष था। इसी तरह तीन मध्यम आकार के कक्ष थे, जिसमें सबसे बड़े कक्ष—अतिथिगृह—से ही महल के बाहर जाने का रास्ता था। इन कक्षों के एक तरफ छोटे-छोटे झरोखे बने हुए थे, जिनसे बाहर के प्राकृतिक दृश्यों का आनंद लिया जा सकता था। गुंजन जानती थी कि अगर पति के दिल में स्थान बनाना है तो अपने चारों ओर स्थित वस्तुओं को नया रूप देना होगा। पुरुष का मन नएपन की ओर ही अग्रसर होता है। इसलिए उसने सर्वप्रथम बैठक को सुव्यवस्थित किया। उसने दीवान व सोफा को सुंदर चटकीला स्वरूप प्रदान किया तथा उनको कक्ष के बीचोबीच रखा। एक तरफ कुँवर की मनपसंद जगह पर महँगी-से-महँगी शराब की बोतल व गिलास रखवाए और उस स्थान को विशेष रूप से शीशे से मढ़वा दिया, जहाँ रखे गिलास व बोतलें शीशे के कारण तेज रोशनी से जगमगा उठे। इस कक्ष में कुँवरजी के शौक का पूरा ध्यान रखा गया। कमरे

के दरवाजे व खिड़कियों को मखमल के भारी परदों से ढक दिया गया। ठीक इसके विपरीत, शयनकक्ष को सादगी तथा सुरुचिपूर्ण कलात्मकता से सजाया-सँवारा गया।

शयनकक्ष में टँगे गहरे रंग के परदों को हटाकर हलके गुलाबी परदे लगाए गए तथा बिस्तर पर सादा गुलाबी चादर बिछाई गई और साथवाले दीवान पर साटन के गुलाबी मसनद लगाए गए। यहाँ तक कि झाड़फानूस भी गुलाबी रंगवाले लगवाए और दीवारों पर प्राकृतिक दृश्यों के तैल चित्र लगवाए गए, जिसने शयनकक्ष को एक नयनाभिराम सम्मोहकता प्रदान की।

यह सब करते-कराते गुंजन बहुत थक गई थी। शाम होने को आई थी, तब कुछ देर आराम करने के बाद उसने स्वयं की सज्जा की तरफ ध्यान दिया। उसने अपना श्रृंगार किया तथा जरी की भव्य साड़ी पहनी। इस भव्य श्रृंगार में भी उसके चेहरे की सादगी देखते ही बनती थी। उसने दासी से कहकर रात का खाना कक्ष में ही मँगवा लिया। लेकिन हाय री किस्मत! रात भर कुँवर साहब कक्ष में नहीं आए। उसने किसी से कुछ नहीं कहा और न कुँवर के बारे में पुछवाया। लेकिन मन की तड़प आँसुओं के रास्ते बह निकली। दूसरे दिन वह फिर सजावट में लग गई। स्नानघर से लगे कक्ष को उसने श्रृंगारकक्ष का रूप प्रदान किया तथा शयनकक्ष से लगे अन्य कक्षों में एक को पुस्तकालय और दूसरे को निश्रांत अपनी भावनाओं के अनुरूप ढाला। इस कक्ष में चारों ओर शीशे लगवाए तथा बीचोबीच एक चबूतरा बनवाया। फर्श पर सफेद चाँदनी तीन तरफ बिछाकर सफेद मसनद लगा दिए तथा चबूतरे पर लाल कालीन बिछाकर उसपर सितार रखा। इस कक्ष में एक तरफ चित्रकारी का सामान और दूसरी तरफ अपने इष्टदेव की मूर्ति रखी। कक्ष में रोशनी के लिए कोई व्यवस्था नहीं की, क्योंकि

केवल एक मोमबत्ती से ही पर्याप्त प्रकाश हो जाता था। उस रोशनी से यह कक्ष दिव्य जान पड़ता था। लगता था, किसी आराध्य की आराधनास्थली हो। इस तरह गुंजन दिन भर गृह-कार्यों में व्यस्त रहती। रात में श्रृंगार करके पति का इंतजार करती। लेकिन इसी तरह तीन दिन व्यतीत हो गए और कुँवरजी नहीं आए। पता चला कि वह दूसरे दिन ही अपनी रियासत के दूसरे हिस्से में स्थित एक अन्य महल में चले गए थे। गुंजन मन मसोसकर रह गई।

लेकिन जब यह बात राजमाता को पता चली तो उन्होंने कुँवर को तुरंत उपस्थित होने का संदेश दिया। किसी तरह मान-मनौवल से कुँवरजी महल में वापस आए। आते ही राजमाता के पास गए। उस समय उनका चेहरा क्रोध से तमतमा रहा था। राजमाता के आते ही वे फूट पड़े, "आज तक आपने मेरी किसी बात में दखलंदाजी नहीं की, लेकिन जब से आपकी बहूरानी आई हैं, आप मेरी इच्छाओं पर अंकुश लगा देना चाहती हैं। मेरी जो इच्छा होगी, मैं वही करूँगा। जैसे संपूर्ण जिंदगी आपने काटी है, क्या वैसी ही आपकी बहूरानी नहीं काट सकती? महलों व राजघरानों में सदियों से औरतों की यही स्थिति रही है और आगे भी रहेगी। आप इसे बदलने का प्रयास न करें।"

कुँवरजी आगे कुछ बोलते कि राजमाता जोर से चीखीं, "कुमार! तमीज से पेश आओ। तुम नहीं जानते, तुम किससे बात कर रहे हो! मत भूलो कि राजमहलों में रहनेवाली औरतों में तुम्हारी माँ भी है। ठीक है, मुझे तुम्हारी चुनौती स्वीकार है। तुम्हारे इस कथन ने मेरी आँखें खोल दी हैं। लेकिन मैं अब यह प्रण करती हूँ कि भविष्य में राजघरानों की औरतों के साथ वह सब कुछ नहीं होगा, जो अब तक होता आया है। मैं उनकी स्थिति बदलकर रहूँगी।"

राजमाता के दृढ़ निश्चय के साथ कहे गए वचन से कुँवर उनकी तरफ देखने लगे। उन आँखों में अपने प्रति नफरत देखकर वह सहमकर वहाँ से चले गए तथा फिर से सुरा और सुंदरी में डूब गए।

यह बात जब गुंजन को पता चली तब उसने कुँवरजी को स्वयं अपने कक्ष में लाने का निश्चय किया। उसने स्वयं वहाँ जाने का निश्चय किया, जहाँ कुँवर रँगरेलियों में व्यस्त थे। अपनी दो परिचारिकाओं के साथ वह कुँवरजी के पास जा पहुँची।

गुंजन को अचानक वहाँ देखकर सब अवाक् रह गए। राजकुमार के आगोश में पड़ी रक्काशा अपना तन छिपाती असमंजस की स्थिति में बैठी रही, क्योंकि किसी को भी गुंजन के इस दुस्साहस का पूर्वानुमान नहीं था। गुंजन ने आग्नेय दृष्टि से उस अर्धनग्न बाला को देखा। वह हड़बड़ाकर वहाँ से भाग गई। फिर धीरे-धीरे राजकुमार के सभी चापलूस दास-दासियाँ भी वहाँ से नौ दो ग्यारह हो गए। गुंजन ने द्वारपालों और अपनी दासियों की मदद से नशे में धुत्त राजकुमार को अपने कक्ष में लाने का आदेश दिया और तेजी से अपने कक्ष की ओर बढ़ गई। लेकिन बार-बार अपने पति का उन लड़कियों के साथ रँगरेलियाँ मनाने का दृश्य उसकी आँखों के सामने आ रहा था। क्या सोना को हटाकर वह कुँवर को पा सकी? नहीं-नहीं, यहाँ तो सोनाओं की भरमार है! अंततः वह राजकुमार को ही दोषी पाती है। क्या करे, क्या न करे, यही प्रश्न उसे बार-बार उद्वेलित कर रहा था। अंततः राजकुमार को अपने कक्ष में लिटाकर कपड़े बदलकर वह भी उनके पास लेट गई। वह यह जानती थी कि उसके हिस्से में मात्र बचा हुआ प्यार ही आएगा। यह कैसी विडंबना है कि उसे अपने पति का प्यार पाने के लिए इतना प्रयत्न करना पड़ रहा है। यही सोचते-सोचते वह

नींद के आगोश में चली गई।

सुबह पाँच बजे अचानक कुँवर की नींद टूट गई। अपने आपको उस कक्ष में देखकर वह मन-ही-मन मुसकरा उठे। स्वत: उनकी निगाह गुंजन पर पड़ी। सोती हुई गुंजन को वह ध्यान से देखने लगे। कितने मासूम व पवित्र सौंदर्य की स्वामिनी है गुंजन! हवा से उड़ती लटें उस सौंदर्य को और भी मादक बना रही थीं, जिसे देखकर कुँवरजी को अपना हृदय पिघलता हुआ महसूस हुआ। सच, इतनी विलक्षण है उसकी पत्नी! सबसे अलग, अपने कर्तव्यों के प्रति सजग, अपने अधिकारों को पाने को उद्यत। उसका हर रूप कुँवर के सामने आने लगा। प्यार के वशीभूत होकर उनका हाथ स्वत: ही गुंजन के बालों से अठखेलियाँ करने को मचल उठा। अभी उन्होंने उसके बालों को छुआ ही था कि गुंजन जाग गई। उसने प्यारी सी मुसकराहट से पति की ओर देखा। प्रत्युत्तर में फिर से मर्द के अहंकार ने सिर उठा लिया। समर बहादुर तेजी से उठकर बिस्तर से उतरने लगे।

गुंजन ने लपककर उनका हाथ पकड़ लिया तथा बेहद विनीत स्वर में बोली, ''आज कुछ देर मेरे पास भी बैठ जाइए। मुझे आपसे बहुत सारी बातें करनी हैं। मैं आपसे कुछ भी माँग नहीं रही हूँ। कृपया मेरी बात तो सुन लीजिए।''

पता नहीं उस आवाज में कैसी कशिश थी कि कुँवर के पैर स्वयं ठिठक गए। वह पुन: बिस्तर पर बैठ गए, फिर अनमने भाव से बोले, ''बोलो, क्या कहना चाहती हो?''

गुंजन ने खुश होते हुए कहा, ''देखिए, मैं आपसे केवल इतना चाहती हूँ कि आप रात अपने शयनकक्ष में गुजारें। मैंने बाहरवाले कक्ष में आपके मनोरंजन की सब व्यवस्था कर दी है। आप चाहें तो वहाँ अपनी मित्रमंडली को भी बुला सकते हैं। मैं नहीं चाहती कि आपको लोग गलत नाम से पुकारें और

आपकी छवि आपके राज्य में ही खराब हो जाए। आपको ही सब कार्य सँभालने हैं। दिन में लड़खड़ाते कदमों से आप कैसे कार्य कर सकेंगे। मेरा नहीं तो राजमाता का तो खयाल कीजिए। वहाँ एक साधारण माँ का दिल धड़कता है, जो अपने बेटे को गलत रास्ते पर जाते देख दुःखी होता है। अगर आप अपना मनोरंजन शाम को करें तो आपके लिए भी यह अच्छा होगा।" कहकर गुंजन चुप हो गई।

कुँवरजी बोले, "अपने लिए तुम्हें कुछ नहीं चाहिए?"

गुंजन ने धीरे से कहा, "रात में ही सही, कम-से-कम आपका सान्निध्य तो मुझे मिल जाएगा।"

इन शब्दों की अंतर्वेदना को शायद कुँवर भी समझ गए और सहसा आश्वासन के रूप में उन्होंने गुंजन का हाथ थाम लिया। पति के इस प्रथम प्यार भरे स्पर्श से गुंजन का तन-मन पुलकित हो उठा। वह मुग्धा नायिका-सी पति की बाँहों में समा गई। इस दिन की सुबह उसके लिए नया पैगाम लेकर आई थी। चेहरे पर पिया मिलन की अमिट लालिमा छाई थी, जिसे सलज्ज मुसकान भी नहीं छुपा पा रही थी। कुँवर भी इस अनजाने अधिकार को पाकर प्रफुल्लित हो रहे थे। उन्हें आज लगा कि वह भी किसी के हैं। उन्होंने धीरे से गुंजन के माथे पर प्रणय-चिह्न अंकित करते हुए घुड़सवारी के लिए जाने को कहा और तैयार होने चले गए। गुंजन द्वारा की गई कक्ष की सजावट बरबस उनका मन लुभा रही थी। वह सोचने लगे कि कितनी मेहनत की है गुंजन ने उसे अपना बनाने के लिए।

दूसरे दिन शाम को कुँवर ने अपने महल में सभी दोस्तों को महफिल जमाने की सूचना दी, जिससे सभी लोग अचंभित रह गए। कुछ लोग संकोचवश और कुछ राजमाता के क्रोध के कारण नहीं आए। लेकिन जो कुँवर के ज्यादा मुँहलगे थे, वे महल में भी आ धमके। लड़कियाँ भी सहमती-सहमती

आईं। गुंजन ने ढेर सारा स्वादिष्ट नाश्ता बैठक में भिजवा दिया था। वह स्वयं अध्ययनकक्ष में चली गई।

इस समय उसपर जो बीत रही थी वह दूसरा नहीं जान सकता था; लेकिन क्या करे, इलाज के लिए कड़वी दवा के घूँट पीने ही पड़ते हैं।

महफिल अपने पूरे शबाब पर थी। पीने के साथ इतना बढ़िया खाने को मिलने के कारण कुँवर के दोस्त चहक रहे थे, "सच कुँवरजी! रानी साहिबा बहुत अच्छी हैं। आप बहुत भाग्यशाली हैं। अब तो राजमाता भी कुछ नहीं कह सकेंगी। आपके तो दोनों हाथों में लड्डू हैं।"

कुँवरजी पास बैठी लड़की को देखकर, 'ही-ही' करके हँसने लगे। न जाने क्यों, उन्हें हँसना अच्छा नहीं लगा। लेकिन गुंजन की तारीफ सुनकर उन्हें स्वयं पर गर्व सा महसूस हुआ। उसके साथ बिताए क्षण याद आने लगे। लेकिन दोस्तों की वजह से वह धीरे-धीरे शराब हलक में उतारने लगे। लेकिन पीते समय अनमनापन उनके चेहरे से साफ झलक रहा था। रात दो बजे तक सभी लोग पूर्णतया मदहोश हो गए। कुँवर ने सबको महफिल बरखास्त करने को कहा तथा स्वयं भी शयनकक्ष में चले आए। धीरे-धीरे सभी लोग बैठक से चले गए।

शयनकक्ष में पहुँचकर गुंजन को वहाँ न पाकर वह पासवाले अध्ययनकक्ष में गए। वहाँ गुंजन मेज पर ही सिर टिकाए ऊँघ रही थी। मोमबत्ती की पीली लौ में उसका गुलाब-सा मुख चमक रहा था, जिसमें परेशानी भी साफ नजर आ रही थी। इस समय गुंजन स्वर्ग से उतरी विरहिणी नायिका-सी प्रतीत हो रही थी। कुँवर कुछ क्षणों तक उसके मादक रूप के रस का पान करते रहे। फिर धीरे से उसे अपनी बाँहों में उठा लिया।

गुंजन ने धीरे से अपनी आँखें खोलीं, फिर कुँवर को देखकर पुनः बंद कर लीं। उसका एक-एक अंग कुँवर को मदहोश कर रहा था। शयनकक्ष में आकर कुँवर ने गुंजन को बिस्तर पर जैसे ही लिटाया, उसने अपनी दोनों बाँहें कुँवर के गले में डाल दीं और उन्हें अपने ऊपर गिरा लिया। फिर दोनों एक हो गए।

सुबह चिड़ियों के चहचहाने से गुंजन की आँख खुली तो स्वयं को पति की बाँहों में पाकर वह शरमा गई। आखिर भगवान् ने उसकी सुन ली।

मन-ही-मन वह भगवान् की स्तुति करती स्नानघर में चली गई। स्नान करके उसने स्वयं को बहुत ही मोहक ढंग से सजाया। हलके हरे रंग की जरी की साड़ी पहनी। लंबी व ढीली सी चोटी बाँधी। बड़े से हीरे के टॉप्स कानों में पहने। उसी से मिलता-जुलता हार गले में पहना और पानी में रखे सफेद बेला की कलियों का लंबा सा गजरा बालों में लगाकर वह स्वयं पर इतरा उठी। सोए हुए पति पर मधुर मुसकान डालकर वह पूजाघर की ओर चली गई।

अभी वह पूजा कर ही रही थी कि दासी ने आकर कहा, ''रानी साहिबा, आपको राजमाता ने बुलाया है।''

''अच्छा, अभी आती हूँ।'' कहकर गुंजन पुनः पूजा में लीन हो गई।

पूजा समाप्त करके वह उसी क्षण राजमाता के कक्ष में पहुँची तो उसने देखा कि वे बेचैनी से कक्ष में इधर से उधर टहल रही थीं।

गुंजन पर नजर पड़ते ही राजमाता फूट पड़ीं, ''मुझे तुमसे यह उम्मीद नहीं थी, बहूरानी! कुँवर को रोकने की जगह तुम स्वयं उसे बढ़ावा दे रही हो। आज से पहले रानीमहल में महफिलें नहीं सजती थीं। तुमने राज-मर्यादा का कुछ तो ध्यान

रखा होता।''

गुंजन ने कुछ न कहकर राजमाता के चरण-स्पर्श कर लिये तो आश्चर्य से उन्होंने गुंजन की तरफ देखा। तब चेहरे पर शर्म तथा आँखों में उभरे लाल डोरे की चमक ने उनके गुस्से को कपूर की तरह उड़ा दिया। उन्होंने प्रश्नवाचक निगाहों से गुंजन की तरफ देखा, तो गुंजन सलज्ज मुसकान के साथ बोली, ''राजमाता, आपके आशीर्वाद से आज मैंने अपने पति को पा लिया। जल्द ही आपको आपका बेटा भी वापस मिल जाएगा।''

राजमाता ने गुंजन को गले लगा लिया और मन-ही-मन कहने लगीं, 'बेटी, तुम बड़ी भोली हो। इन राजकुमारों के मन को बाँधे रखने की क्षमता किसी भी औरत में नहीं होती। कुछ समय बाद ये फिर से असलियत पर आ जाते हैं।' लेकिन प्रत्यक्ष में राजमाता गुंजन को आशीर्वाद ही देती रहीं।

गुंजन जब वापस आई तब तक कुँवरजी जाग गए थे। उसने एक प्यारी सी मुसकान पति की तरफ उछाल दी। कुँवरजी उसकी साज-सज्जा को प्रशंसा भरी नजरों से देखने लगे। फिर उठकर स्नानघर की तरफ चले गए। यही दिनचर्या एक हफ्ते तक निर्बाध रूप से चलती रही। रोज महफिल सजती, लेकिन कुँवर उन महफिलों में पूरी तरह रम नहीं पाते, न उनके दोस्त ही पूरी तरह आनंद ले पाते। किसी अनजान उपस्थिति का खयाल उन्हें सदा मथा करता।

लेकिन एक दिन की घटना ने महफिल को पूरी तरह से भंग ही कर दिया। शाम के समय जब महफिल जम चुकी थी, गुंजन के कराहने की आवाज ने सबका ध्यान उधर खींच लिया। कुँवरजी दौड़कर शयनकक्ष में पहुँचे तो वहाँ पैर में काँच चुभा होने के कारण गुंजन दर्द से तड़प रही थी। पास ही शीशे की चिमनी टूटकर जमीन पर बिखरी पड़ी थी। कुँवर ने शीशे

का टुकड़ा खींचकर पैर से निकाला तो घाव गहरा होने के कारण खून तेजी से बहने लगा।

कुँवरजी गुंजन को गोद में उठाकर बिस्तर पर लिटाने जा ही रहे थे कि उनकी मुँहलगी दासी, जो उनकी महफिलों की रौनक हुआ करती थी, धड़धड़ाते हुए शयनकक्ष में आ धमकी। गोद में गुंजन को देखकर उसने कुँवरजी से कहा, "तो महल की रानियाँ भी मरदों को रिझाने के लिए हमारे जैसे उपाय दिखाने लगी हैं।"

कुँवरजी ने गुंजन को आराम से बिस्तर पर बिठाया तथा अपनी उस कथित प्रेमिका के पास जाकर बोले, "अब कहो, तुमने क्या कहा?" गुंजन दर्द से भरी आँखों में आँसू लिये चुपचाप सिर झुकाकर बैठी थी कि तभी एक जोरदार थप्पड़ की आवाज उसके कानों में पड़ी। कुँवरजी ने चिल्लाकर कहा, "चली जाओ यहाँ से! आज के बाद अपनी सूरत भी मत दिखाना।"

दासी तुरंत वहाँ से चली गई और उसके पीछे-पीछे सभी दोस्त-यार भी चले गए। कुँवरजी ने परिचारिकाओं को बुलाया तथा स्वयं डॉक्टर को बुलाने चले गए। डॉक्टर ने आकर गुंजन की मरहम-पट्टी की, फिर कुँवरजी ने गुंजन को प्यार से बिस्तर पर लिटाया और स्वयं भी लेट गए। गुंजन को लगा कि भगवान् ने उसकी झोली में सारे जहान की खुशियाँ समेटकर डाल दी हैं। खुशी के मारे उसकी आँखों से आँसू बहने लगे तथा चोट का अहसास जाता रहा। दूसरे दिन जब वह देर से उठी तो उसने देखा कि उसका पति भी गहरी नींद में सोया हुआ था। उसने धीरे से बिस्तर से उठना चाहा; लेकिन जमीन पर पैर रखते ही दर्द की एक लहर उसके पूरे शरीर में दौड़ गई। वह पुनः बिस्तर पर लेट गई।

तभी कुँवरजी की नींद खुल गई। गुंजन की तरफ प्यार

से देखकर बोले, "अब कैसी तबीयत है? कुछ चाहिए क्या?"

गुंजन ने कुँवरजी से पीने को पानी माँगा। उन्होंने स्वयं पानी लाकर उसे पिलाया। फिर तैयार होने चले गए। जाते समय एक परिचारिका उसके पास बिठा गए। तैयार होने के बाद कुँवरजी राजमाता के कक्ष की ओर चल दिए। कक्ष में पहुँचकर उन्होंने जब राजमाता के चरण स्पर्श किए तो राजमाता को बहुत देर तक यह विश्वास ही नहीं हुआ कि उनके सामने खड़ा व्यक्ति उनका अपना वही बेटा है, जो यह भी भूल चुका था कि उसकी एक माँ भी है। उन्हें लगा जैसे वह कोई सपना देख रही हैं।

तभी कुँवरजी की गंभीर आवाज ने राजमाता को जैसे सोते से जगा दिया, "माँ, आपकी बहूरानी के पैर में चोट लग गई है। कृपया आप देख लीजिएगा। और हाँ, इसमें मेरी कोई गलती नहीं है, क्योंकि मैं जानता हूँ कि मेरी आदतों से आप हमेशा दुःखी रहती हैं। मैं आपसे वादा करता हूँ कि मैं आपके अनुरूप बनने की कोशिश करूँगा। हो सके तो पिछली गलतियों के लिए मुझे माफ कर दीजिएगा।" इतना कहकर कुँवरजी चुप हो गए।

राजमाता बोलीं, "बेटा, गुंजन की तुम चिंता न करो। मैं उसका पूरा ध्यान रखूँगी। उसी की बदौलत इतने वर्षों बाद मुझे मेरा बेटा मिला है।" इतना कहते-कहते उनका गला भर आया। बाकी की तमाम अनकही बातें उनकी मौन नम आँखों ने स्वयं कह दीं। कुँवरजी पुनः चरण स्पर्श करके कक्ष के बाहर चले गए।

राजमाता तुरंत गुंजन के कक्ष में पहुँचीं। उन्होंने देखा, गुंजन आँख बंद किए लेटी है। उन्होंने स्नेह से गुंजन के सिर पर हाथ फेरा तो उसने आँखें खोल दीं। राजमाता को पास में देखकर उठने का प्रयास कर बोली, "माँ, आप यहाँ!"

राजमाता ने उसे लिटाते हुए कहा, ''बेटी, लेटी रहो। तुम इस कक्ष में मुझे देखकर हैरान हो। शायद तुम्हें पता नहीं कि कुँवरजी ने स्वयं मेरे कक्ष में आकर तुम्हारी चोट के विषय में मुझे बताया तथा तुम्हारी देखभाल करने के लिए मुझसे प्रार्थना की।''

यह सुनकर गुंजन को बहुत अच्छा लगा कि कुँवरजी को अब उसका खयाल भी रहने लगा है। राजमाता पुनः बोलीं, ''बेटी, तुमने मुझे बुढ़ापे में इतना सुख दिया है, जितना आज तक इन राजमहलों में रहनेवाली किसी भी राजमाता को शायद नहीं मिला होगा। भगवान् तुम्हारा भला करे, बेटी। सारे जहान की खुशियों से तुम्हारा दामन हमेशा भरा रहे।'' राजमाता ने आशीर्वाद-स्वरूप गुंजन के माथे को चूम लिया और बड़े स्नेह के साथ वे गुंजन को बिस्तर पर ही नाश्ता कराने लगीं।

इसी तरह कालचक्र चलता रहा। अब गुंजन बहुत खुश थी, क्योंकि उसका पति अब उसका बहुत ध्यान रखता था। उधर कुँवरजी ने भी राज्य के सभी कामों को सँभाल लिया तथा दिन में शराब पीना लगभग बंद ही कर दिया। वे केवल रात में ही सुरापान करते थे। इससे उनकी सेहत भी अच्छी रहने लगी। राजमहल में खुशियाँ-ही-खुशियाँ आ गईं।

लेकिन तभी एक वज्रपात हुआ। भारत सरकार द्वारा एक अधिनियम के तहत राज्यों के सभी अधिकार सरकार में निहित कर दिए गए। अब राज्यों के राजा मात्र अपनी निजी संपत्ति पर ही अपना स्वामित्व रखते थे। महाराजा इस आघात को नहीं झेल पाए। तथा कुछ आंतरिक बीमारी के कारण वह बिस्तर से लग गए, जिससे सभी कार्य कुँवरजी के कंधों पर ही आ गया। वे गुंजन की सलाह पर अपनी निजी संपत्ति का संचालन करने लगे। कई लाभकारी योजनाओं में उन्होंने अपने धन को लगा दिया, जिससे अतिरिक्त आय की व्यवस्था होने लगी।

इससे अन्य राज्यों की अपेक्षा उनकी आर्थिक स्थिति में ज्यादा फर्क नहीं आया। लेकिन सामाजिक स्थिति को पुनः बरकरार रखने के लिए वे राजनीति में सक्रिय हो गए। वे भारत की एक प्रमुख पार्टी में महामंत्री बन गए, जिससे उनका कार्यक्षेत्र काफी बढ़ गया। राजनीति रूपी नशे ने उन्हें पूरी तरह से अपनी गिरफ्त में ले लिया। वे अब अपनी छवि को अच्छा बनाए रखने का काफी प्रयास रखने लगे। साथ-ही-साथ, पार्टी के उच्च पदाधिकारियों को हर तरीके से खुश रखते, जिससे पार्टी में उनकी स्थिति दिन-प्रतिदिन सुदृढ़ होने लगी।

एक रात गुंजन ने अपने गर्भवती होने की सूचना कुँवरजी को दी, जिसे सुनकर उन्होंने गुंजन को मारे खुशी के बाँहों में भर लिया। महल में नए वारिस के आने की खबर फैल गई। इधर जैसे-जैसे गुंजन के पेट का गर्भ बढ़ता गया वैसे-वैसे कुँवरजी की राजनीतिक व्यस्तता भी बढ़ती गई। अब वह अधिकांशतः राजधानी के अपने घर पर ही ज्यादा दिन गुजारते। इसी बीच आम चुनाव की तिथि घोषित हो गई। कुँवरजी को अपने राज्य से विधानसभा का चुनाव लड़ने का टिकट भी प्राप्त हो गया। उनकी व्यस्तता और भी बढ़ गई। उस चुनाव में मनमोहन वर्मा नामक कार्यकर्ता उनके संपर्क में आया। उसने जी-तोड़ काम किया तथा वहीं महल में ही रहने लगा। गुंजन से भी कुँवरजी ने उसे मिलवाया। गुंजन को वह लड़का पहली ही नजर में सीधा-सादा लगा। उसके बारे में पूछने पर कुँवरजी ने बताया कि वह राजधानी के ही एक प्रतिष्ठित व्यक्ति का इकलौता पुत्र है तथा हॉकी में प्रांतीय टीम का कप्तान है। बस, ऐसे ही एक दिन घुड़सवारी के लिए खेल के मैदान में जाने पर उससे परिचय हुआ, जो बाद में दोस्ती में बदल गया।

चुनाव का समय पास आ गया। कुँवरजी ने गाँव के लोगों की सुविधाओं के लिए कई योजनाएँ चलाने का आश्वासन

दिया। लेकिन इसी बीच बीमारी से ग्रस्त महाराज का देहांत हो गया, जिससे कुँवरजी के प्रति सहानुभूति की लहर लोगों में फैल गई, जिसका पूरा लाभ उनको मतदान के समय मिला। कुँवरजी भारी मतों से विजयी हुए और उनकी पार्टी भी विधानसभा चुनाव बहुमत से जीत गई। तब कुँवरजी ने जोड़-तोड़ करके मंत्री पद हासिल कर लिया। विजय-मद से अभिभूत एक बड़ी पार्टी का आयोजन राजमहल में किया गया, जिसमें लोगों ने जी भरकर मदिरा पान किया। राजमहल में एक बार फिर से बोतलें खुलने लगीं। गुंजन चुपचाप अपने कक्ष में लेटी रही और सोचती रही कि कहीं यह राजनीति उसको ही बरबाद न कर दे; क्योंकि वह कुँवरजी में काफी बदलाव महसूस कर रही थी। कई उड़ती खबरों ने उसे पुनः बेचैन कर दिया था। उसे कुँवरजी के बारे में पता चला कि वे अपनी पार्टी के सर्वेसर्वा को खुश रखने के लिए सुरा और सुंदरी दोनों की व्यवस्था करते हैं।

पता नहीं क्यों, गुंजन को किसी अनहोनी की आशंका होने लगी। वह मन-ही-मन भगवान् से प्रार्थना करने लगी। इधर महाराजा की मृत्यु के पश्चात् राजमाता भी विरक्त सी हो गई थीं। महल में होनेवाले हंगामों से अपने आपको उन्होंने दूर कर लिया था। इसी तरह समय बीतता रहा।

समय पूरा होने पर एक दिन गुंजन ने एक स्वस्थ बालक को जन्म दिया, जिसका मुख देखकर वह सबकुछ भूल गई। मातृत्व की आभा से उसका मुख दमकने लगा। राजमाता की तंद्रा भी भंग हुई और वह दादी माँ बनने की खुशी में सराबोर हो गईं। कुँवरजी को पिता बनने की खुशखबरी राजधानी में मिली। प्रफुल्लित मन से वे राजमहल आए। कई दिनों तक राजमहल में खुशियाँ छाई रहीं। नामकरण के दिन महल में फिर से बड़ा उत्सव मनाया गया, जिसमें बड़े-बड़े नेताओं और

अधिकारियों का आगमन हुआ और उन्होंने नन्हे कुमार को आशीर्वाद दिए। शिशु का नाम 'सत्यार्थ' रखा गया।

इसी तरह दिन बीतने लगे कि वक्त ने फिर करवट बदली। अभी सत्यार्थ तीन माह का ही था कि एक दिन कुँवर साहब मनमोहन वर्मा के साथ राजमहल में आए। उन दोनों के साथ एक आधुनिक आकर्षक काया की युवती भी थी, जो साँवली होते हुए भी अपने सुडौल शारीरिक सौष्ठव के कारण गजब ढा रही थी। गुंजन की प्रश्नवाचक निगाहें कुँवरजी पर टिक गईं।

कुँवरजी ने संयत स्वर में कहा, "गुंजन, मनमोहन को तो तुम जानती ही हो, यह मनमोहन की प्रेमिका नेहा शुक्ला है। यह भी तैराकी में प्रादेशिक चैंपियन हैं। ये दोनों एक-दूसरे को बहुत चाहते हैं; परंतु जातीय भेदभाव के कारण नेहा के घरवाले मनमोहन को अपना दामाद बनाने को तैयार नहीं हैं। इनका विवाह कराने का फैसला हमने किया है। यहीं, इसी महल में दोनों का विवाह करा देंगे। गुंजन, क्या इस पुण्य कार्य में तुम मेरा साथ नहीं दोगी? अब यह कार्य हमें ही करना होगा। नहीं तो ये प्रेमी कभी भी एक न हो सकेंगे। नेहा तो भागकर यहाँ आई है।"

गुंजन बोल उठी, "अगर नेहा के घरवालों ने इस बात की शिकायत पुलिस में कर दी तो सोचिए, आपकी उज्ज्वल छवि का क्या होगा? कुँवरजी, आप मंत्री हैं, लोग आप पर ही उँगली उठाएँगे।"

तभी नेहा बोल उठी, "गुंजन दीदी, मैं बालिग हूँ। मैं कुँवरजी पर आँच भी न आने दूँगी। क्योंकि हम दोनों बालिग हैं, इसलिए पुलिस हमारा कुछ नहीं बिगाड़ सकती। कृपया मेरी मदद कीजिए।" इतना कहकर वह गुंजन के पैर पकड़कर रोने लगी।

गुंजन ने उसे प्यार से उठाकर सीने से लगा लिया, "दीदी कहती हो और पैरों पर गिरती हो। मैं अभी दो घंटे में ही तुम्हारी शादी मनमोहन से करवाती हूँ। शायद तुमको पता नहीं कि मैं मनमोहन को अपना छोटा भाई मानती हूँ। सुनिए, आप जल्दी से इनके विवाह की तैयारी कीजिए। मैं सुहाग की साड़ी का इंतजाम करती हूँ।"

मनमोहन ने शरमाते हुए कहा, "जी रानी साहिबा, सुहाग का जोड़ा मैंने पहले ही खरीद लिया था। वह मैं साथ लाया हूँ तथा कुछ जेवर भी हैं।"

उसकी इस अदा पर सब लोग जोर से हँस दिए।

गुंजन समझ गई कि मनमोहन नेहा से बहुत प्यार करता है। आनन-फानन में दोनों को विवाह-बंधन में बाँध दिया गया। कन्यादान स्वयं कुँवरजी व गुंजन ने किया। अब गुंजन उनकी सुहागरात की तैयारी में जुट गई। मेहमानखाने को बहुत ही अच्छी तरह से सजाया गया। सुहागकक्ष को फूलों से सजाया और रात में नेहा को तैयार करने का जिम्मा भी गुंजन ने ही लिया। उसने नेहा को लाल बॉर्डरवाली सफेद साड़ी, जिसपर चाँदी का काम था, पहनाई तथा सफेद मोगरे के फूलों से उसका शृंगार किया। नेहा बहुत ही सुंदर लगने लगी। गुंजन भी उसे छेड़ने से स्वयं को रोक न सकी। बोली, "देख नेहा, आईने में देख, तू कितनी सुंदर लग रही है! मनमोहन भैया तो पहली ही रात दीवाने हो जाएँगे।"

तभी कुँवरजी वहाँ आ गए। गुंजन ने उनसे हँसकर कहा, "देखिए, अपनी नेहा कितनी प्यारी लग रही है!" कुँवरजी की निगाहें स्वत: ही नेहा पर टिक गईं। नेहा के उभारों पर दृष्टि पड़ते ही उन आँखों में पुरानी वहशी चमक नाच उठी, जिसे देखकर गुंजन भी एकबारगी सहम उठी। उसे कुँवरजी की आँखों में आज वही पुरानी वहशियत भरी चमक नजर आई, जिसको

बड़े यत्न से उसने खत्म किया था। स्थिति को भाँपकर गुंजन ने नेहा को तुरंत ही उसके सुहागकक्ष में भेज दिया, जहाँ पहले से ही मनमोहन उसका इंतजार कर रहा था।

सब काम निपटाकर गुंजन जब अपने कक्ष में पहुँची तो देखा, कुँवरजी बैठे शराब पी रहे थे।

गुंजन—"यह क्या, अब बंद कीजिए।"

कुँवरजी—"आज खुशी का मौका है, गुंजन, पीने दो। और जाओ, तुम भी तैयार हो जाओ, हम फिर से अपनी सुहागरात मनाएँगे।"

गुंजन शरमाकर तैयार होने चली गई। जब वह मोहक ढंग से तैयार होकर शयनकक्ष में आई तो देखा, नन्हा सत्यार्थ पालने में सोया हुआ था। कुँवरजी शायद अभी भी साथ वाले कक्ष में बैठे थे। गुंजन लजाती-शरमाती पति के पास पहुँची और बड़ी अदा से बोली, "देखिए, कैसी लग रही हूँ?"

कुँवरजी ने पलकें उठाईं तो उन आँखों को देखकर वह सिहर उठी। आज उन आँखों में वही लाल डोरे थे तथा चेहरे पर वही वहशियत थी जो वह चाहकर भी नहीं भुला पाई थी। अभी वह कुछ सोच पाती कि कुँवरजी उसपर टूट पड़े। उसे ले जाकर वहीं सोफे पर लिटा लिया। जल्दी-जल्दी उसके वस्त्र खींचने लगे। गुंजन 'कुँवरजी, सुनिए तो' कहती रह गई और उसकी साड़ी उसके तन से अलग हो गई। कुँवरजी ने फिर से उसके ब्लाउज को तार-तार कर दिया। अब वह पूरी तरह से निर्वस्त्र हो गई तो कुँवरजी ने उसके कंधे पर अपने दाँत गड़ा दिए। दर्द की एक तेज चुभन आँसू बनकर छलक पड़ी। कुँवरजी बहुत देर तक गुंजन को नोचते-खसोटते रहे और वह उस पीड़ा को झेलती रही। वासना-शांति के बाद कुँवरजी शयनकक्ष में सो गए।

गुंजन बड़ी देर तक यों ही पड़ी रही। उसका दिमाग शून्य

हो गया था। न जाने वह कितनी देर तक लेटी रही। फिर नन्हे कुमार के रोने की आवाज ने उसकी तंद्रा भंग की। वह जल्दी से उठकर कुमार के पास गई। उसने अपने उस नन्हे बेटे को सीने से लगा लिया, तब उसके सीने में उठता गुबार कुछ शांत हुआ। नन्हे कुमार को फिर से सुलाकर वह पुनः बैठक में गई। उसने देखा कि चारों तरफ मोगरे की कलियाँ बिखरी थीं। उसके कपड़े फट चुके थे। उसने उन कपड़ों को समेटा और दूसरे कपड़े पहनने के लिए कपड़े निकालने गई। शीशे में अपना अक्स देखकर वह फफक उठी। आज फिर उसके शरीर पर दंश के निशान थे, जिनकी टीस उसके शरीर में उठ रही थी। किसी तरह कपड़े पहनकर निढाल होकर वह बिस्तर पर गिर पड़ी। देखा, पास में कुँवरजी निर्विकार भाव से सोए हुए थे। वह सोचने लगी, 'तो क्या आदमी कभी नहीं बदलता? वह तो समझ रही थी कि कुँवरजी बदल गए हैं। अपने अंदर के शैतान को उन्होंने हमेशा के लिए मार दिया है। किंतु शायद नहीं, आदमी के अंदर का शैतान कभी नहीं मरता, बल्कि वह सोया रहता है और दस्तक देने पर पुनः जाग जाता है।' वह अब भी यह नहीं समझ पा रही थी कि कुँवरजी ने ऐसा व्यवहार फिर क्यों किया? शायद मनमोहन व नेहा की सुहागरात ने ही उन्हें इतना उत्तेजित कर दिया कि वे अपने पर काबू नहीं रख सके।

दूसरे दिन कुँवरजी सुबह उठकर घुड़सवारी के लिए चले गए। तभी नेहा वहाँ आई और बिना कुछ पूछे वह सीधे गुंजन के कक्ष में पहुँच गई और परिहास करते हुए बोली, ''दीदी, सुहागरात तो हमारी थी; लेकिन लगता है, मनाई आपने है।''

गुंजन ने मुसकराकर बात को टाल दिया और बोली, ''मनमोहन भैया जाग गए हों तो तुम दोनों तैयार हो जाओ। मैं नाश्ता भिजवाती हूँ।''

गुंजन स्वयं भी तैयार होने चली गई।

नाश्ते के समय कुँवरजी ने नेहा व मनमोहन से कहा, "दार्जिलिंग में मैंने तुम्हारे हनीमून की पूरी व्यवस्था कर दी है। प्लेन के टिकट मँगा दिए हैं, होटल भी बुक करा दिया है। तुम दोनों आज ही रवाना हो जाओ।" शरारत भरी निगाहों से उन्होंने नेहा को देखा, "क्यों नेहा, ठीक है?"

नेहा मारे खुशी के झूम उठी, फिर मनमोहन की तरफ देखकर शरमा गई। सभी लोग हँस पड़े, जिससे गुंजन का मन भी कुछ हलका हुआ। नेहा बोली, "दीदी, राजमाता महल में होते हुए भी हमारी शादी में नहीं आईं?"

गुंजन ने समझाया, "नेहा, पिताजी के देहांत के बाद राजमाता ने अपने कक्ष तक ही अपने को सीमित कर लिया है। कभी-कभी सत्यार्थ को खिलाने के लिए हमारे कक्ष तक आ जाती हैं; लेकिन किसी भी समारोह आदि में शामिल नहीं होतीं।"

नेहा ने मनमोहन से कहा, "तो चलिए, हमीं लोग राजमाता से आशीर्वाद ले लें।"

"हाँ, यह ठीक रहेगा।" कहकर मनमोहन और नेहा गुंजन के साथ राजमाता के कक्ष की ओर चल पड़े तो कुँवरजी भी उनके साथ हो लिये। कक्ष में राजमाता चुपचाप बैठी किन्हीं विचारों में लीन थीं कि दासी ने कुँवरजी व रानी साहिबा के आने की खबर दी। साथ में दो मेहमानों के आने से भी उन्हें अवगत कराया।

राजमाता ने आदेश दिया, "उन्हें अंदर भेजो। क्या बच्चों को भी माँ से मिलने की अनुमति लेनी होगी!"

सब लोगों का कक्ष में आगमन हुआ। सभी ने राजमाता के चरण-स्पर्श कर आशीर्वाद लिये। गुंजन ने राजमाता को बताया, "यह वही दंपती हैं जिनका कल महल में ही विवाह

संपन्न हुआ था।''

राजमाता ने उन्हें सुखी दांपत्य का आशीर्वाद दिया।

नेहा बोल उठी, ''राजमाता, आज से आपकी एक नहीं, दो बहुएँ और दो बेटे हैं।''

राजमाता से नेहा की वाचालता छुप न सकी। तभी उनकी आँखें कुँवरजी पर केंद्रित हो गईं, जहाँ उन्होंने नेहा के लिए एक विशेष स्थान देखा। उन्हें अपनी तरफ देखते पाकर कुँवरजी ने आँखें नीची कर लीं और जल्दी ही उनसे जाने की अनुमति ले ली। नेहा बात-बात पर राजमाता के गरिमामयी व्यक्तित्व की प्रशंसा करती रही। इस तरह दोपहर के भोजन के पश्चात् कुँवरजी, मनमोहन व नेहा राजधानी के लिए प्रस्थान कर गए। उसी शाम दोनों अपने हनीमून पर रवाना हो गए।

सबके चले जाने के बाद गुंजन स्वयं को काफी थकी हुई महसूस कर रही थी। सत्यार्थ का ध्यान भी वह नहीं रख पाई थी, इसलिए वह अपने शयनकक्ष की ओर बढ़ी चली गई। वहाँ पालने में लेटा नन्हा कुमार आया के साथ खेल रहा था। गुंजन को देखते ही आया सादर खड़ी हो गई। उसने आया को जाने का इशारा किया; फिर वह बच्चे की बाल-सुलभ क्रीड़ाओं में स्वयं को भुलाने लगी।

उधर नेहा व मनमोहन प्रफुल्लित मन से हनीमून पर चले गए। लेकिन नेहा की मादक देह ने कुँवरजी की रातों की नींद चुरा ली। वह रात-दिन नेहा को पाने का सपना देखने लगे। इसी जुनून में उन्होंने दोनों के लिए एक छोटे से मकान की व्यवस्था कर उसे सभी आधुनिक सुविधाओं से सजाया। जब नेहा व उसका पति हनीमून से लौटे तो कुँवरजी का दिया तोहफा पाकर वे दोनों निहाल हो गए। बार-बार उन्हें धन्यवाद देने लगे। इस तरह कुँवरजी ने नेहा के दिल में अपना खास स्थान बना लिया। उनका अब गुंजन के पास आना दिन-प्रतिदिन

कम होने लगा। कम-से-कम सप्ताह में एक बार तो वे महल आ ही जाते थे। लेकिन अब वे यह समय नेहा व मनमोहन के साथ बिताने लगे, जिससे गुंजन बहुत चिंतित रहने लगी।

एक दिन ज्यादा परेशान होने पर वह राजमाता के कक्ष में गई। जब राजमाता ने उसे बुझा-बुझा देखा तो बोलीं, "क्या बात है, बेटी? बहुत परेशान दिखाई दे रही हो?"

गुंजन—"राजमाता, पता नहीं क्यों, अब कुँवरजी का महल में आना बहुत कम हो गया है। नेहा-मनमोहन की शादी के बाद से वे केवल एक बार महल आए, लेकिन दूसरे ही दिन वापस लौट गए। समझ में नहीं आता कि मैं क्या करूँ? क्या उनको अपने बेटे की याद नहीं आती?"

राजमाता—"बेटी, मैं तो पहले ही जानती थी कि एक-न-एक दिन ऐसा होगा। इन मरदों को बाँधकर रखना हम औरतों के बस की बात नहीं। यह तो मानव मन ही है, जो सदैव नएपन की तरफ दौड़ता है। इनके मन में किसी के लिए मोह-ममता नहीं होती। जब व्यक्ति गलत रास्ते पर चल पड़ता है तो सही रास्ता उसे दिखाई ही नहीं पड़ता। उस समय न तो उसे समाज का डर होता है, न ही परिवार का। नेहा के प्रति मैंने कुँवर की आँखों में विशेष लगाव देखा है। ऊपर से नेहा भी कुछ वाचाल किस्म की लड़की है। पता नहीं मनमोहन जैसे सीधे लड़के को उसने कैसे फँसा लिया? एक काम करो, तुम मेरी चिंता छोड़कर कभी-कभी कुँवरजी के पास राजधानी चली जाया करो। कम से कम तुम कुछ दिन साथ तो रह ही सकोगी।"

गुंजन—"आप ठीक कहती हैं। अगर आज्ञा हो तो मैं कल ही राजधानी चली जाऊँ।"

राजमाता—"हाँ, गुंजन, तुम चली जाओ और जरा अपनी साज-सज्जा पर भी ध्यान दो। बेटा होने के बाद तुमने अपने

को काफी अव्यवस्थित कर लिया है। मर्द को लुभाने के लिए शकल-सूरत से ज्यादा सुडौल देहयष्टि आवश्यक होती है।''

गुंजन—*(शरमाते हुए)* ''जी राजमाता! अच्छा, तो मैं चलूँ।'' राजमाता का चरण-स्पर्श करके वह कक्ष से बाहर चली आई।

राजमाता मन-ही-मन गंभीर हो गईं, 'नहीं, अब और नहीं। मैं अपनी तरह गुंजन को इन पत्थरों के राजमहल में पत्थर नहीं बनने दूँगी। मैं इसके लिए ऐसा कुछ करूँगी, जो आज तक इन महलों में नहीं हुआ है। मुझे मालूम है, इन पत्थरों में न जाने कितनी पत्नियों, माँ-बहनों की सिसकियाँ दबी हैं। लेकिन अब इसका अंत होना चाहिए—और इसकी शुरुआत मैं करूँगी।' और फिर वह इन्हीं विचारों में निमग्न हो गईं।

दूसरे दिन गुंजन नन्हे कुमार के साथ सुबह ही राजधानी पहुँच गई। अपने पति के आवास पर जब पहुँची तो उसे बिना किसी पूर्व सूचना के सामने देखकर कुँवरजी अचकचा गए। आश्चर्य मिश्रित वाणी से बोले, ''तुम और यहाँ!''

गुंजन—''क्यों, क्या मैं यहाँ नहीं आ सकती? आखिर यह भी तो मेरा घर है। इतने दिनों से नहीं आए थे तो सोचा, चलो, मैं ही चलूँ।''

कुँवरजी—*(मुसकराकर)* ''चलो, अच्छा ही किया। लेकिन अगर पहले से सूचना भिजवा देतीं तो मार्ग के लिए भी मैं व्यवस्था करवा देता।'' तभी कुमार सत्यार्थ की प्यारी सी किलकारी ने कुँवरजी का ध्यान अपनी ओर खींचा। वह बड़े स्नेह से उसे गोद में लेकर खिलाने लगे, जिसे देखकर गुंजन के तन-मन की सारी थकान काफूर हो गई।

लेकिन कुछ याद आते ही वह कुँवरजी से पूछ बैठी, ''अरे, नेहा व मनमोहन कैसे हैं और कहाँ रह रहे हैं?''

कुँवरजी—''दोनों ठीक हैं। यहाँ से कुछ ही दूर पर उनका

घर है। मैं अभी तुम्हारे आने की खबर भिजवा दूँगा। वे दोनों तुमसे मिलकर बहुत खुश होंगे। और हाँ, मैं थोड़ी देर में निकलूँगा, कुछ जरूरी काम से जाना है। तुम तो जानती हो, मैं मंत्री हूँ। यहाँ साँस लेने की भी फुरसत नहीं रहती। खैर, तुम्हारा आना बहुत अच्छा लगा।''

गुंजन भी मुसकरा दी और जाकर आवास का निरीक्षण करने लगी, जो बड़े साधारण तरीके से सजाया गया था। लेकिन कुँवरजी के कक्ष में शराब की भरी व खाली बोतलों की संख्या देखकर गुंजन ने सहज ही अनुमान लगा लिया कि कुँवरजी अब ज्यादा पीने लगे हैं। वह अभी बैठी ही थी कि 'दीदी-दीदी' चिल्लाती नेहा आ पहुँची और गुंजन से लिपट गई। गुंजन भी खिलखिलाकर बोली, ''कहो नेहा, कैसी हो?''

नेहा—''बहुत अच्छी। देखो, कैसी लग रही हूँ?''

उसकी चंचलता ने गुंजन का ध्यान आकृष्ट कर लिया, ''लगता है, तैरकर सीधी चली आ रही हो।''

नेहा—''हाँ दीदी, स्वीमिंग करके जैसे ही घर पहुँची तो पता चला, आप आई हैं। मैं और मोहन तुरंत वहाँ से चल पड़े। मोहन तो बैठक में कुँवरजी के पास बैठे हैं और मैं यहाँ आपके पास। राजमाता कैसी हैं? सत्यार्थ कहाँ है? क्या सो रहा है?''

गुंजन—''बस-बस नेहा, जरा साँस तो ले लो। राजमाता ठीक हैं। हाँ, सत्यार्थ अंदर सो रहा है। शायद तुमने अभी नाश्ता नहीं किया है, तो जल्दी से मैं नाश्ता लगवाती हूँ। और हाँ, यह बताओ, कैसा रहा तुम्हारा हनीमून?''

नेहा—''दीदी, बहुत बढ़िया! कुँवरजी ने इतना अच्छा इंतजाम जो किया था। लेकिन मोहन बहुत शर्मीला है। वह वहाँ भी ठीक से नहीं खुल पा रहा था। वैसे बड़ा मजा आया। दीदी, आप शायद पहली बार यहाँ आई हैं। महल से यहाँ आने

पर आपको जरूर अटपटा लग रहा होगा।"

गुंजन—"नहीं नेहा! सच बताऊँ, यहाँ पर आकर मुझे बहुत अच्छा लगा। उस महल की ऊँची दीवारों में सबकुछ कहीं खो सा जाता है। सच में, यहाँ पर मैं न रानी साहिबा हूँ, न मालकिन। यहाँ तो मैं भी आम गृहिणी-सी महसूस कर रही हूँ, मात्र अपने पति की पत्नी। सच, आम गृहिणी बनकर रहना कितना अच्छा लगता है! कितनी सीधी व सरल जिंदगी है—यह मैं कुछ ही घंटों में जान गई। वहाँ की औपचारिक ज़िंदगी से मैं उकता सी गई हूँ। लगता है, उन पथरीली दीवारों में रहनेवाली औरतों की जिंदगी कितनी दर्द भरी होती है! हम न तो पूर्ण रूप से पत्नी बन पाती हैं और न ही माँ। हम तो मात्र रिश्ते ढोती रहती हैं। हर वक्त औपचारिकता में लिपटी खोखली हँसी हँसती हैं। वहाँ हम सजते हैं, सँवरते हैं, लेकिन हमें देखनेवाला कोई नहीं होता। यहाँ तक कि अपना पति भी नहीं। नेहा, तुम कितनी भाग्यशाली हो, जो आम लोगों की तरह जी रही हो। हम लोगों की जिंदगी तो मात्र दिखावा है।" कहते-कहते गुंजन के मुख से एक आह सी निकल गई।

तभी कुँवरजी व मनमोहन आ गए।

कुँवरजी—"गुंजन, क्या नाश्ता लग गया? हम सभी लोग यहीं पर नाश्ता करेंगे।"

नेहा—"नमस्ते कुँवरजी! दीदी यहीं पर रहें तो कितना अच्छा हो। मुझे भी साथ मिल जाएगा। मोहन तो जब देखो, मैच व पार्टी के काम से बाहर चले जाते हैं।" कहते-कहते उसने ऐसा मुँह बनाया कि सभी हँसने लगे।

सत्यार्थ के रोने की आवाज सुनकर गुंजन अंदर गई और उसे ले आई! नेहा गोद में लेकर उसे खिलाने लगी। इसी हँसी-खुशी के वातावरण में नाश्ता खत्म करके मनमोहन व कुँवरजी चले गए। नेहा व गुंजन फिर से बातों में मग्न हो गईं।

इसी तरह रोज शॉपिंग व अन्य कार्यक्रमों में नेहा गुंजन को ले जाने लगी, जो गुंजन को बहुत अच्छा लगता। लेकिन गुंजन ने यह महसूस किया कि मनमोहन व नेहा के स्वभाव की भिन्नता दोनों के संबंधों में स्पष्टतः प्रभाव डाल रही थी; क्योंकि नेहा का बात-बात में मनमोहन का मजाक उड़ाना इस बात का प्रमाण था। मनमोहन हमेशा नेहा की इन बातों को हँसकर टाल देता।

इस तरह एक हफ्ता किस तरह पंख लगाकर उड़ गया, गुंजन को पता ही नहीं चला। महल से राजमाता के बीमार होने की खबर पाकर गुंजन ने तुरंत वापस जाने की तैयारी कर दी। महल जाते समय कुँवरजी हमेशा की तरह काम के सिलसिले में शहर से बाहर गए थे। अतः गुंजन नेहा व मनमोहन से मिलकर राजमहल लौट गई। पता चला कि राजमाता तेज ज्वर से पीड़ित थीं, फिर भी उन्होंने गुंजन को खबर भेजने के लिए मना कर दिया था। लेकिन राजमाता के एक विश्वस्त सेवक ने गुंजन के पास खबर भेजना ज्यादा जरूरी समझा। गुंजन जल्दी से राजमाता के कक्ष में पहुँची। उसने देखा, राजमाता आँखें बंद किए निढाल लेटी थीं। चेहरे पर पीड़ा के निशान उनकी तकलीफ बयान कर रहे थे।

गुंजन ने धीमे स्वर में आवाज दी, "राजमाता, कैसी तबीयत है?"

गुंजन की आवाज सुनकर प्रत्युत्तर में राजमाता बोलीं, "तो माधव ने तुमको खबर कर ही दी। मैंने कितना मना किया था कि तुम्हें खबर न करे, लेकिन वह नहीं माना।"

गुंजन—"राजमाता, आपको ऐसा नहीं सोचना चाहिए। माधव काका ने ठीक ही किया। देखिए, चेहरा कैसा निस्तेज हो चला है! अब आप आराम कीजिए, बाकी जानकारी मैं माधव काका से ले लूँगी।"

गुंजन कक्ष से बाहर निकलकर माधव काका को खोजने लगी। सूचना पाकर माधव दौड़ा-दौड़ा चला आया।

माधव—"क्या है रानी साहिबा? आपने हमें याद किया।"

गुंजन—"राजमाता की तबीयत इतनी खराब है, किस डॉक्टर को दिखाया है?"

माधव—"यहीं कस्बे के डॉक्टर हैं, रानी साहिबा। लेकिन राजमाता की तबीयत में सुधार नहीं हो रहा है।"

गुंजन—"माधव काका, अब सब ठीक हो जाएगा। मैं फोन करके कुँवरजी से एक डॉक्टर भेजने को कहती हूँ।"

माधव—"हाँ, रानी साहिबा, यह बहुत अच्छा रहेगा।" और माधव खुशी से सिर हिलाता चला गया।

गुंजन कुँवरजी को फोन करने के लिए अपने कक्ष की ओर बढ़ी। कुमार को सुलाकर वह फोन डायल करने लगी। फोन करके वह भी कुमार के पास लेटकर शहर की यादों में खो गई। मन-ही-मन सोचने लगी कि साधारण गृहिणियों का जीवन कितना सुखमय होता है। उनको पति का कितना साथ मिलता है। वह घर उसे कितना अपना मालूम पड़ता था। यहाँ महल में सब सुविधाएँ होते हुए भी एक अजीब सा सन्नाटा पसरा रहता है।

यादों का श्रृंखला टूटी कि उसे राजमाता का ध्यान आया। आया को कुमार के पास छोड़कर राजमाता के कक्ष की ओर चली गई। सामने से उसे माधव काका आते हुए दिखाई दिए।

माधव—"रानी साहिबा, कुँवर साहब को फोन मिल गया?"

गुंजन—"क्या कहूँ, माधव काका! परेशानी में मैं तो यह भूल ही गई कि कुँवर साहब शहर से बाहर गए थे। लेकिन चिंता न करो, मनमोहन से बात हो गई है। वह डॉक्टर साहब को लेकर तुरंत चल दिए होंगे। शाम तक आ जाएँगे।"

माधव आश्वस्त होकर चला गया। गुंजन भी राजमाता के पास चली गई।

शाम होते-होते मनमोहन डॉक्टर को लेकर महल में पहुँचकर सीधे राजमाता के कक्ष में पहुँचा। डॉक्टर साहब ने राजमाता का चेकअप किया तथा एक इंजेक्शन लगाया और कुछ दवाइयाँ दीं। एक परचा लिखकर दवाई मँगवाने का निर्देश दिया। चेकअप के पश्चात् गुंजन व मनमोहन डॉक्टर साहब की आवभगत में लग गए। दो घंटे रुककर सब वापस चले गए। गुंजन राजमाता की तीमारदारी करने लगी। गुंजन के सेवाभाव को देखकर राजमाता गद्‌गद हो उठीं तथा धीरे-धीरे स्वास्थ्य-लाभ करने लगीं। दो-तीन दिनों के बाद बाहर से लौटने पर जब कुँवर साहब को राजमाता की तबीयत के बारे में पता चला तो तुरंत महल की ओर चल पड़े।

राजमाता कुँवरजी को देखकर बड़ी प्रसन्न हुईं। बोलीं, "आज मुझे पता चला कि मेरी देखभाल करनेवाला मेरा बेटा भी है। शायद ही यह सौभाग्य इस महल में अब तक क़िसी को नसीब हुआ होगा।" राजमाता की यह भावनात्मक बात सुनकर कुँवरजी भी भावुक हो उठे। यह सब देखकर गुंजन को बहुत अच्छा लगा। राजमाता कुँवरजी से बोलीं, "अपने कक्ष में थोड़ा विश्राम कर लो। बहूरानी, तुम भी कुँवरजी के साथ जाओ।"

जब कुँवरजी व गुंजन अपने कक्ष में पहुँचे तो सत्यार्थ की किलकारियों ने कुँवरजी को बरबस ही अपनी तरफ आकर्षित कर लिया। उन्होंने एक प्यार भरी निगाह गुंजन पर डाली तो वह शरमा गई। एक दिन रुककर कुँवरजी वापस चले गए।

नेहा व मनमोहन के बीच तनाव बढ़ने लगा; क्योंकि मनमोहन को मैच के लिए पंद्रह-पंद्रह दिन बाहर रहना पड़ता था। गुंजन के जाने के बाद भी नेहा का कुँवरजी के यहाँ आना

जारी रहा। धीरे-धीरे कुँवरजी नेहा में दिलचस्पी लेने लगे। भोला मनमोहन अहसानों में दबा यह सब नहीं समझ पाया और वह इसे मात्र कुँवरजी का स्नेह ही समझता रहा।

एक दिन कुँवर साहब रोज की तरह टहलने निकले कि नेहा व मनमोहन के घर से आती तेज आवाज को सुनकर उनके घर की तरफ मुड़ गए। घर का दरवाजा खुला था, इसलिए वे सीधे घर के अंदर चले गए।

तभी नेहा की आवाज सुनाई पड़ी, "जब देखो तब टूर। आखिर मैं क्या किया करूँ, मोहन? मुझे भी तुम्हारा साथ चाहिए। रात में मुझे बहुत डर लगता है।"

मनमोहन *(समझाने की आवाज में)*—"मैं भी क्या करूँ, नेहा! यह तो मेरा काम ही ऐसा है। यही मेरी तरक्की है। तुम तो सब जानती थीं कि ऐसी स्थितियाँ आएँगी। तुमने सबकुछ जानकर ही मुझसे शादी की।"

यह तकरार सुनकर कुँवर साहब अंदर चले गए। मगर उनकी आँखों में बिजली-सी चमक उठी। उन्होंने देखा, नेहा पारदर्शी नाइटी पहने बेडरूम के दरवाजे पर खड़ी आँसू बहा रही थी। उस नाइटी से झाँकते उसके अंतर्वस्त्र व कसा तराशा जिस्म साफ झलक रहा था।

मनमोहन की आवाज से उनका ध्यान भंग हुआ, "अरे, कुँवर साहब! अच्छा ही हुआ, आप आ गए। अब नेहा को आप ही समझाइए। मेरी तो कोई बात यह सुनती नहीं। मैं जा रहा हूँ, नहीं तो मेरी फ्लाइट छूट जाएगी।"

"ठीक है, मनमोहन, तुम जाओ। घर से मेरी गाड़ी ले लेना। मैं फोन कर देता हूँ, ड्राइवर तुम्हें एयरपोर्ट छोड़ देगा। तब तक मैं नेहा को समझाता हूँ।"

"ठीक है, कुँवरजी! आपने मेरी सारी परेशानी दूर कर दी।" कहकर मनमोहन घर से निकल गया।

फोन करने के बाद कुँवरजी नेहा के बेडरूम में पहुँचे। नेहा अभी भी बैठी सुबक रही थी। अब भी कुँवरजी की आँखों में अजीब सी चमक थी। उन्होंने धीरे से अपना हाथ नेहा की पीठ पर रखा तो वह चौंक गई। लेकिन कुँवरजी को देखते ही फूट पड़ी, ''देखा कुँवरजी, आपने! मोहन जब-तब मुझे यों अकेला छोड़कर चला जाता है। ऐसा ही रहा तो मैं नहीं रहनेवाली उसके साथ।''

नेहा की पीठ सहलाते हुए कुँवरजी ने उसे ढाढ़स बँधाया। साथ-ही-साथ हाथों की फिसलन तेज होती गई। नेहा कुछ समझ पाती कि कुँवरजी ने उसे अपनी बाँहों में भर लिया और उसपर अपने प्यार की वर्षा करने लगे। धीरे-धीरे नेहा का विरोध शिथिल होता गया; उसने भी कुँवरजी के समक्ष अपने आपको समर्पित कर दिया।

जब तूफान गुजर गया तो नेहा को अपने आप पर ग्लानि हुई। लेकिन कुँवरजी की चिकनी-चुपड़ी बातों ने उसका रहा-सहा जमीर भी नष्ट कर दिया। दोनों फिर से प्यार की दुनिया में लीन हो गए। नेहा वैसे भी वाचाल लड़की थी, उसपर कुँवरजी के साथ ने उसकी वाचालता में और वृद्धि कर दी। इस तरह उनका यह संबंध निर्बाध रूप से पंद्रह दिनों तक चलता रहा। लेकिन अब मनमोहन के वापस आने पर दोनों एक-दूसरे से मिलने को बेचैन रहने लगे। इधर मनमोहन पत्नी को प्रसन्न रखने का भरपूर प्रयास करता; लेकिन वह उखड़ी ही रहती। हारकर मनमोहन ने पूछा, ''क्या बात है, नेहा? मैं देख रहा हूँ कि जब से मैं वापस आया हूँ, तुम मुझे काफी बदली-बदली लग रही हो।''

उसके इस कथन से नेहा हड़बड़ाकर बोली, ''नहीं मोहन, ऐसी बात नहीं है। क्या करूँ, तुम्हारा जाना मुझे बिलकुल अच्छा नहीं लगता। तुम्हारी बहुत याद आती है।'' साथ ही

अपने पर गुस्सा किया, "मैं बेकार ही तुमसे झगड़ा करती हूँ।"

प्रिया की इस प्यारी अदा ने मनमोहन का दिल मोह लिया। उसने प्यार से नेहा को आलिंगन में ले लिया। नेहा भी उससे ऐसे जा सिमटी मानो वह मनमोहन के सिवा किसी को नहीं चाहती।

नेहा अब मनमोहन पर कभी गुस्सा नहीं करती। उसका ज्यादा ध्यान रखने लगी। उसमें आए बदलाव से मनमोहन बड़ा खुश था। नेहा के अनुसार उसमें यह बदलाव कुँवरजी के समझाने से आया। यह जानकर भोला मनमोहन कुँवरजी के आगे और भी नतमस्तक हो गया। असलियत से कोसों दूर वह उनपर जरूरत से ज्यादा विश्वास करने लगा, जिसको उनके व्यवहार ने और दृढ़ कर दिया। लेकिन नेहा व कुँवरजी आपस में मिलने की राह निकाल लेते थे। जब मनमोहन टूर पर होता तो दोनों की रातें ज्यादा रंगीन होतीं। लेकिन कहते हैं—'खैर खून खाँसी खुशी वैर प्रीत मधुपान, ये छिपाए ना छिपें, जानत सकल जहान।'

धीरे-धीरे लोगों को दोनों के संबंधों के बारे में शक होने लगा। लेकिन अंधविश्वासी मनमोहन उनपर किसी भी सूरत में शक नहीं करना चाहता था। इस तरह चार माह बीत गए।

एक दिन नेहा को पता चला कि वह कुँवरजी के बच्चे की माँ बनने वाली है तो वह घबड़ा गई। उसने कुँवर साहब को इस बात से अवगत कराते हुए पूछा, "अब क्या करूँ, कुँवरजी?"

बेशर्मी की हँसी हँसते हुए कुँवरजी ने कहा, "अरे, यह तो खुशी की बात है, नेहा! तुम बेकार घबरा रही हो। शादीशुदा औरतों से संबंध बनाने में यही तो फायदा है कि ये सब बवाल आसानी से छिप जाते हैं।"

कुँवरजी की बात सुनकर नेहा को बहुत धक्का सा लगा।

कुँवरजी ने पुनः कहा, ''नेहा, मनमोहन को इठलाकर बता दो कि वह बाप बनने वाला है। वह बेचारा फौरन खुश हो जाएगा। बातों में समय बरबाद न करो।'' कहते हुए कुँवरजी नेहा को झकझोरने लगे। लेकिन आज नेहा चाहकर भी कुँवरजी का साथ नहीं दे पाई, क्योंकि उनके प्यार की कालिख उसके समक्ष उतर चुकी थी। इच्छापूर्ति के पश्चात् वे चले गए; लेकिन नेहा उसी मनःस्थिति में पड़ी रही। हाय! यह उसने क्या किया? अपने देवतास्वरूप पति को धोखा दिया। वह भी इस मक्कार व वहशी आदमी के लिए? लेकिन वह अब कुछ नहीं कर सकती थी। उसने निश्चय किया कि अब आगे वह कुँवरजी से कोई संबंध नहीं रखेगी। पर मनमोहन को वह कैसे समझाए, जो कुँवरजी का अंधभक्त बना था। अपनी इस विषम स्थिति पर विचार करके वह फूट-फूटकर रो पड़ी।

मनमोहन इस समय शहर के बाहर गया हुआ था। दूसरे दिन कुँवरजी फिर नेहा के पास आ धमके और आते ही मनमानी करने लगे। नेहा ने कहा, ''नहीं कुँवरजी, अब नहीं। मेरी आँखें खुल गई हैं। मैं मनमोहन को और धोखा नहीं देना चाहती। अब आप भी गुंजन दीदी के ही होकर रहिए। सच में, आपकी पत्नी बहुत अच्छी हैं। मैं भी उनकी तरह ही बनना चाहती हूँ। जो पाप मुझसे हो गया, अब मैं सारी जिंदगी मनमोहन की पूजा करके उसका प्रायश्चित्त करना चाहती हूँ। आप भी इसमें मेरा साथ दें। मैं हाथ जोड़कर आपसे प्रार्थना करती हूँ। नहीं तो मैं कहीं की न रहूँगी!''

वह आगे कुछ कहती कि इससे पहले एक जोरदार थप्पड़ उसके गाल पर पड़ा, ''साली! कुतिया! अब सती-साध्वी बनने चली है। यह त्रियाचरित्र मनमोहन को ही दिखाना। मैं इसके झाँसे में आनेवाला नहीं। तू क्या समझती है? अगर आगे से तूने मेरी बात नहीं मानी तो मैं तेरी नंगी तसवीरें मनमोहन के

पास भिजवा दूँगा। कोई भी पति सबकुछ बरदाश्त कर सकता है, परंतु पत्नी की बेवफाई नहीं, चाहे पति कितना भी सीधा हो। वह उसी दिन तेरी चोटी पकड़कर घर से बाहर निकाल देगा तो बोल, कहाँ जाएगी? और मैं बाद में भी तुझे चैन से नहीं रहने दूँगा। सीधे-सीधे मेरी बात मान, नहीं तो अभी तो तेरे दो ही मर्दों से रिश्ते हैं, फिर तू हर रात मर्द बदलेगी, समझी। तू मुझे जानती नहीं। तेरी जैसी न जाने मैंने कितनी पाल रखी हैं!''

अपनी भड़ास निकालकर कुँवरजी पैर पटकते हुए बाहर चले गए। उनका असली चेहरा देखकर नेहा सकते में आ गई। वह यह समझ गई कि वह ऐसे जाल में फँस गई है, जिससे सारी जिंदगी छुटकारा संभव नहीं। लेकिन इतनी जल्दी वह हार नहीं मानेगी। वह कुँवरजी के बच्चे को जन्म देगी तथा मनमोहन से कुछ नहीं कहेगी। ऐसा करने के सिवा अब उसके सामने कोई दूसरा उपाय नहीं था। एक बार उसका मन चाहा कि वह गुंजन दीदी को सब बता दे; लेकिन कुँवरजी की शैतानियत को परखकर उसने चुप रहना ही श्रेयस्कर समझा।

जब मनमोहन को नेहा से उसके माँ बनने की जानकारी मिली तो वह मारे खुशी के झूम उठा। उसकी यह खुशी देखकर नेहा अपने आँसू नहीं रोक पाई; लेकिन उनके ढलकने से पहले ही उसने चुपके से उन्हें पोंछ दिया और मनमोहन के उत्साह में उसका साथ देने लगी।

तभी मनमोहन बोला, ''रुको नेहा, मैं एक फोन करके आया।'' उसने कुँवरजी का फोन मिलाकर उन्हें अपने बाप बनने की खबर सुनाई तथा रात का खाना अपने साथ खाने के लिए आमंत्रित किया।

नेहा मन मसोसकर रह गई। कुँवरजी को और क्या चाहिए। वह रात को बड़ा सा तोहफा लेकर नेहा के घर पहुँच

गए। बड़े ही भोले बनकर नेहा को उसके माँ बनने की बधाई दी। नेहा मानो कटकर रह गई। भोजन करते समय जान-बूझकर चुपके से नेहा का हाथ पकड़ लेना उसको खून के घूँट पीने के बराबर लग रहा था। परंतु मनमोहन कुँवरजी की आवभगत में बिछ-बिछ जा रहा था। नेहा ने देखा कि कुँवरजी के चेहरे पर जहरीली मुसकराहट थी।

उसी रात जब गुंजन का फोन कुँवरजी के पास आया तब उन्होंने नेहा के माँ बनने की बात उसे बताई, जिसे सुनकर वह बहुत खुश हुई। उसने उसी समय फोन पर नेहा व मनमोहन को बधाई दी। नेहा सोचने लगी कि कितना शातिर है यह कुँवरजी। इसके आगे सोचने में उसके दिमाग ने साथ नहीं दिया, क्योंकि उसका सिर दर्द से फटने लगा था।

नेहा के माँ बनने की खबर सुनकर गुंजन बहुत खुश थी। वह जल्दी से यह खबर राजमाता को देने के लिए दौड़ पड़ी। प्रसन्नता से भरा उसका चेहरा देखकर राजमाता हँसकर बोलीं, "क्या बात है, बहूरानी? बड़ी खुश हो!"

गुंजन एक ही साँस में बोल उठी, "राजमाता, नेहा माँ बनने वाली है।"

राजमाता—"यह तो बड़ी खुशी की बात है! तुमने उसे बधाई दी कि नहीं?"

गुंजन—"हाँ, राजमाता, मैंने मनमोहन व नेहा, दोनों को बधाई दी।"

राजमाता—"ऐसा करो बेटी, तुम एक दिन स्वयं ही शहर चली जाओ। वहाँ जाकर नेहा से भी मिल लेना तथा कुछ दिन कुँवरजी के पास भी रह आना। पता नहीं क्यों, इधर एक महीने से कुँवरजी महल नहीं आए हैं। वरना पहले एक हफ्ते नहीं तो पंद्रह दिन में जरूर आते थे। अच्छा होगा, तुम ही उनके पास चली जाओ। बेकार मेरे लिए अपने पति से दूर रहती

हो।'' इन शब्दों के साथ ही राजमाता के चेहरे पर चिंता स्पष्ट झलकने लगी।

गुंजन बोल उठी, ''आप नाहक ही चिंता करती हैं, राजमाता। कुँवरजी काम में फँस गए होंगे। मैं जानती हूँ, उन्हें कितना काम रहता है। मैंने स्वयं देखा है।'' गुंजन निश्चिंत हो अपने कक्ष की ओर चली गई।

'बड़ी भोली है मेरी बेटी। यह भी नहीं जानती कि रजवाड़े के ये लोग बिना खाए रह सकते हैं, पर बिना औरत के नहीं। लेकिन जब सच खुलेगा तो तुझे बड़ा कष्ट होगा। मैं यह जानती हूँ, इसीलिए मैं तुम्हारे लिए ऐसी व्यवस्था करना चाहती हूँ, जिससे मेरे बाद भी तुझे कोई कष्ट न हो।' राजमाता स्वयं से ही बात करने लगीं।

अपने कक्ष में जाकर गुंजन भी राजमाता के शब्दों पर विचार करने लगी। सच में, इधर कुँवरजी का व्यवहार कई महीनों से उसे बदला-बदला लग रहा था। उसने यह भी महसूस किया कि वह मात्र संबंध निभाने के लिए ही उससे संबंध बनाते थे। वह उनके व्यवहार का मंथन करने लगी तो विगत महीनों में आए परिवर्तनों ने उसको भी चिंतातुर कर दिया। उसने कल ही शहर जाने का निश्चय कर लिया।

दूसरे दिन प्रातः ही वह बिना किसी पूर्व सूचना के शहर के लिए चल पड़ी। पता नहीं क्यों, उसका दिल बार-बार जोर से धड़क रहा था; जैसे कुछ अनहोनी घटने जा रही हो। परंतु गुंजन ने सिर झटककर इन विचारों को दूर किया। शायद यह सोचकर स्वतः ही उसके होंठों पर मुसकान तिर आई। वह दोपहर के दो बजे के करीब घर पहुँच गई। सामान रखकर उसने नौकर से कुँवर साहब के बारे में पूछा तो उसने बताया कि पार्टी के ऑफिस गए होंगे। तब उसने नेहा व मनमोहन के बारे में पूछा।

पहले तो नौकर सकपका गया, फिर बोला, "मनमोहन साहब तो टूर पर गए हैं। नेहा बीबीजी घर पर ही होंगी।"

"अच्छा, घर पर ही होगी नेहा!" आया को सत्यार्थ का ध्यान रखने की हिदायत देकर तुरंत ही वह नेहा के घर की तरफ चल पड़ी। उसने सोचा, चाय-नाश्ता वह उसके साथ ही करेगी। उसको देखकर नेहा चकित रह जाएगी, फिर 'दीदी' कहकर गले से लिपट जाएगी। इसी तरह कल्पनालोक में विचरण करते हुए गुंजन नेहा के घर के पास आ पहुँची। तभी उसके विचारों को तेज झटका लगा। वह बुदबुदा उठी—"कुँवर साहब की गाड़ी इस समय नेहा के घर पर, वह भी मनमोहन की अनुपस्थिति में।" वह कुँवरजी के चरित्र से भलीभाँति वाकिफ थी। अत: वह नेहा के बेडरूम की खिड़की की तरफ चुपके से गई। नेहा व कुँवरजी की अंदर से आती आवाज ने उसके सारे संशय मिटा डाले। आखिर अनहोनी घट ही गई।

वह उसी समय घर लौट आई। रास्ते में उसने सोचा कि अभी वह किसी से इस बारे में नहीं पूछेगी, जब तक मनमोहन नहीं आ जाता।

घर पहुँचते ही नौकर ने पूछा, "रानी साहिबा, आप वापस आ गईं?"

गुंजन—"क्या करती, नेहा तो घर पर थी ही नहीं। बड़ी घुमक्कड़ लड़की है।" इतना कहकर बनावटी हँसी हँस पड़ी। तभी गुंजन ने लक्ष्य किया, उसकी बात सुनकर नौकर ने मानो राहत की साँस ली हो। अब उसका विश्वास और पुख्ता हो गया कि नेहा व कुँवरजी में जरूर अवैध संबंध हैं। गुंजन अपने शयनकक्ष में जाकर बिस्तर पर पड़ी रही। शायद उसकी नियति में यही लिखा है कि उसके पति पर हमेशा दूसरी औरत का साया रहे। वह क्या करे; यही नहीं सोच पा रही थी। पहले वह स्वयं पर कितनी गर्वित थी कि कुँवरजी को उसने बदल

दिया। राजमाता ठीक ही कहती थीं कि राजघराने के मर्द कभी बदलते नहीं; मात्र एक पड़ाव लेते हैं, फिर चल पड़ते हैं उन्हीं रास्तों पर। शायद आज उसके आँसुओं ने भी उसे धोखा दे दिया था। या वह इतना रो चुकी थी कि आँखों का पानी ही सूख गया था।

क्या करे वह, मनमोहन से बात करे; लेकिन कुँवरजी से भलीभाँति परिचित होने के कारण उसने यह विचार त्याग दिया। वह जानती थी कि मनमोहन यह जानकर पता नहीं कुँवरजी के साथ क्या व्यवहार करे और कुँवरजी उसकी क्या गति बनाएँ, इस बात से भी वह परिचित थी। अगर कभी मनमोहन को सबकुछ पता चल गया तो क्या होगा, यह सोचकर ही वह काँप उठी। नहीं-नहीं, वह किसी से भी इस बात का जिक्र नहीं करेगी, राजमाता से भी नहीं। इसी मन:स्थिति में वह न जाने अतीत के कितने ही भयानक पन्नों को पलट गई। अंत में वह इसी निष्कर्ष पर पहुँची कि इसको अपने भाग्य का खेल समझकर कबूल कर ले, इसी में सबकी भलाई है। इन पत्थरों के महलों में न जाने कितनी रानियों व दासियों की चीखें दफन हैं। उनमें एक और सही। वह भी अपनी करुण चीखों को हृदय की अनंत गहराइयों में छिपा लेगी।

शाम घिर आई थी। कुँवरजी की गाड़ी की आवाज सुनकर गुंजन जैसे सोते से जागी हो, अपने अव्यवस्थित मन व शरीर को व्यवस्थित कर वह कुँवरजी से मिलने बाहर आ गई। उसको देखकर कुँवरजी ने साश्चर्य पूछा, "अरे, तुम कब आईं महल से? सब कुशल तो है। राजमाता का स्वास्थ्य ठीक है? सूचना दिए बिना आ गईं।"

गुंजन ने शांत आवाज में कहा, "क्यों, क्या अपने घर आने के लिए भी पहले सूचित करना आवश्यक है? मैं अचानक पहुँचकर आपकी खुशी का आनंद लेना चाहती थी। और इधर

पिछले एक माह से आपको भी हमारी सुधि नहीं आई तो मुझे ही आना पड़ा।''

कुँवरजी—''बहुत अच्छा किया। क्या करूँ, सियासत के कार्यों से मरने तक की भी फुरसत नहीं मिलती। फिर भी मैं आपका अपराधी हूँ। बताइए, क्या दंड देंगी?''

गुंजन कुँवरजी की इस नाटकीयता को देखकर मन-ही-मन बोल उठी, 'वाह! क्या दिल लुभानेवाला अंदाज है! हम जैसी मासूम औरतें इन्हीं दिलकश अंदाजों पर अपना सर्वस्व लुटा बैठती हैं।'

कुँवरजी—''कहाँ खो गईं, रानी साहिबा? हमारे साहबजादे कहाँ हैं?''

''अंदर शयनकक्ष में खेल रहे हैं। जाइए, आप मिल लीजिए।'' गुंजन ने बुझे मन से उत्तर दिया।

थोड़ी ही देर में कुँवरजी सत्यार्थ को भीतर से लेकर बाहर आ गए। सत्यार्थ की प्यारी सी तोतली बोली सुनकर बहुत प्रसन्न हो रहे थे। उनको देखकर गुंजन सोचने लगी,'यह आदमी आखिर है क्या? मैं जितना इन्हें समझने की कोशिश करती हूँ उतना ही उलझ जाती हूँ।'

कुँवरजी की आवाज ने उसे चौंका दिया, ''क्या बात है, गुंजन? मैं देख रहा हूँ कि तुम बड़ी चुपचाप हो। क्या सोच रही हो? शायद मुझसे नाराज हो कि इतने दिनों मैं तुम्हारे पास नहीं आया। क्या करूँ, बिलकुल भी समय नहीं मिला। मुझे भी तुम्हारी और कुमार की याद आती थी; लेकिन मन मसोसकर रह जाता था। फिर भी, मुझे माफ कर दो।'' यह सब सुनकर गुंजन प्रत्यक्ष में सामान्य रहने का प्रयास करने लगी। उसने मनमोहन व नेहा के बारे में पूछा तो कुँवरजी ने बताया, ''मनमोहन बाहर गया है; परंतु नेहा यहीं पर है। और ठीक ही होगी। मुझे समय ही नहीं मिला कि उससे बात हो

पाती।"

उनके इस कथन पर गुंजन के होंठों पर व्यंग्य भरी मुसकान आ गई, जिसे कुँवरजी ने देख लिया और पूछा, "तुम मुसकराईं क्यों?"

"बस ऐसे ही। नेहा की कही पुरानी बात याद आ गई। कितनी मस्तमौला लड़की है!"

यह सुन आश्वस्त हो कुँवरजी भी मुसकरा उठे। बोले, "शाम को हम लोग नेहा के घर चलेंगे।" और फिर दोनों चाय पीने लगे।

कुछ देर रुककर कुँवरजी चले गए। गुंजन सत्यार्थ को लेकर शयनकक्ष में चली गई; क्योंकि वह अभी भी अपने को सामान्य नहीं कर पा रही थी। शारीरिक व मानसिक थकान से निढाल होकर वह सो गई।

नेहा अपने कमरे में अनमनी सी बैठी थी। दोपहर में कुँवरजी उसके शरीर के साथ खिलवाड़ कर चुके थे। अब वह यह सब बरदाश्त नहीं कर पा रही थी। तभी फोन की घंटी बजी और 'हैलो' कहते ही कुँवरजी की आवाज फोन पर गूँजी, "नेहा, गुंजन आ गई है। उसे कुछ बताया तो ठीक नहीं होगा। उसके सामने पहले की तरह ही सामान्य व्यवहार करना। ठीक है? समझीं कि नहीं?"

नेहा—"ठीक है, समझ गई।"

फोन रखने के साथ ही विचारों का तूफान उसके मन को मथने लगा। वह सोचने लगी, 'मैं गुंजन दीदी का सामना कैसे कर पाऊँगी? हाय, मैंने यह क्या किया? कितने भले लोगों को मैंने धोखा दिया! भगवान् मुझ जैसी पापिन को कभी माफ नहीं करेंगे।'

कुँवर साहब के साथ गुंजन जब नेहा के घर पहुँची तो नेहा ने फीकी हँसी के साथ उसका स्वागत किया। गुंजन भी

नेहा के साथ पहले की तरह व्यवहार न कर सकी। अप्रत्यक्ष रूप से एक दूरी दोनों के बीच विद्यमान रही। अंततः गुंजन तबीयत खराब होने का बहाना करके घर वापस आ गई।

कुँवरजी ने गुंजन से पूछा, "क्या हुआ, गुंजन? तुम नेहा के घर से इस तरह क्यों चली आईं?" शायद गुंजन के व्यवहार से कुँवरजी कुछ सशंकित हो गए थे।

लेकिन गुंजन के जवाब ने उन्हें पुनः आश्वस्त कर दिया, "शायद सुबह जल्दी महल से निकली हूँ। सफर का ज्यादा अभ्यास न होने के कारण थककर चूर हो गई हूँ। सिर दर्द से फटा जा रहा है। आप चिंता न करें। आराम करने से ठीक हो जाएगा। नेहा से मैं फिर मिल लूँगी।"

"अच्छा, ठीक है, तुम आराम करो। मुझे भी अभी काम से बाहर जाना है।" इतना कहकर कुँवरजी चले गए।

गुंजन जाकर कमरे में लेट गई। सचमुच उसके सिर में तनाव के कारण दर्द होने लगा था। वह सोच रही थी कि नेहा चाहे वाचाल लड़की है, लेकिन उसे अपनी गलती का एहसास तो है; लेकिन कुँवर साहब तो लगता है, एहसास से परे हैं। गुंजन का जी ज्यादा घबड़ाने लगा। उसे रह-रहकर राजमाता की याद आने लगी, जो इस समय दर्द भुलाने में उसकी सहायक होतीं। हाय, क्या सारी जिंदगी इसी तरह खामोश सबकुछ सहना होगा? तभी कुमार के रोने से उसकी बेचैनी कम हुई। उसने कुमार को कसकर अपने सीने से लगा लिया। क्या बड़े होकर कुमार भी कुँवर की तरह हो जाएँगे? तो क्या फिर एक और गुंजन का जन्म होगा? इसी तरह यह सिलसिला चलता रहेगा? 'नहीं, नहीं!' गुंजन जोर से चिल्ला उठी, 'नहीं, मैं यह सब नहीं होने दूँगी। लेकिन क्या करूँ? कहाँ जाऊँ? मायका भी तो इसी वातावरण में ढला है।'

तभी नौकर ने आकर रात के खाने के बारे में पूछा तो

उसने कहा, "जो मरजी हो, बना लो।" बेचैनी में वह इधर-उधर चहलकदमी करने लगी।

रात दस बजे के करीब कुँवर साहब वापस लौटे। शायद खूब पीकर आए थे। लेकिन अब गुंजन पर किसी प्रकार का कोई प्रभाव नहीं पड़ा।

कुँवरजी ने कहा, "अब कैसी तबीयत है? मैं खाना खाकर आया हूँ। एक पार्टी में गया था। तुम खाना खा लो।" और अपने कमरे में चले गए।

थोड़ा-बहुत मुँह जूठा कर गुंजन कमरे में आ गई। उसने देखा, कुँवर साहब गहरी निद्रा में सो चुके थे। वह मन-ही-मन बुदबुदा उठी, 'हाँ, अब इन्हें मेरी जरूरत ही कहाँ है।' महीने-महीने भर महल में न आने का राज उसे मालूम हो गया था। अतः वह भी सोने का उपक्रम करने लगी। लेकिन नींद भी उसकी किस्मत की तरह उससे रूठ गई थी। पूरी रात रतजगा करते ही बीती। सुबह कुँवर साहब के पार्टी दफ्तर जाने के बाद गुंजन नौकर को बताकर महल के लिए रवाना हो गई; क्योंकि अब शहर में उसका मन ही नहीं लग रहा था। वह करती भी क्या यहाँ रहकर। वह जिसके लिए यहाँ आई थी, वही उसका न रहा था।

कुँवरजी जब घर वापस आए तो नौकर ने सूचना दी कि रानी साहिबा वापस चली गईं। कुँवर साहब को बड़ा अटपटा लगा। वह सोचने लगे कहीं गुंजन को सब पता तो नहीं चल गया? कहीं नेहा ने उसे सबकुछ बता तो नहीं दिया? गुस्से में भरकर वह नेहा के पास पहुँचे। नेहा उस समय सोचपूर्ण मुद्रा में बैठी थी।

कुँवर साहब ने पूछा, "नेहा, तुमने गुंजन को कुछ बताया तो नहीं?"

नेहा सहमकर बोली, "नहीं, कुँवर साहब! क्या मैं इतनी

बेवकूफ हूँ, जो गुंजन दीदी को यह सब बताती! क्यों, आप यह क्यों पूछ रहे हैं?''

कुँवरजी—''क्योंकि गुंजन कल आई थी और आज ही बिना मुझसे कुछ कहे वापस महल चली गई। कल जब मैंने पूछा तो उसने तबीयत खराब बताई थी। लेकिन उसका व्यवहार मुझे बड़ा अटपटा लगा था।''

नेहा—''यह तो चिंतावाली बात हो गई। वह कल मुझसे सामान्य व्यवहार नहीं कर रही थीं। अब क्या होगा?''

कुँवरजी—''होगा क्या! नहीं मालूम है तो अच्छा है। अगर मालूम भी पड़ गया तो महल की अन्य औरतों की तरह रो-धोकर चुप बैठ जाएगी। बचपन से राजघरानों की बहू-बेटियाँ यही सब देखती-सहती हैं।'' और कंधे उचकाकर उन्होंने नेहा को शयनकक्ष में चलने का आदेश दिया, ''नेहा, अब गुंजन में वह तेजी कहाँ जो तुम्हारे बदन में है! इसलिए तुम मुझे नित नई लगती हो।'' कहकर बेशर्मी से हँसने लगे और नेहा के साथ उसके कमरे की ओर बढ़ गए।

महल में पहुँचकर गुंजन थकान उतारने के बाद राजमाता के कक्ष में पहुँची। चरण-वंदना के पश्चात् वह राजमाता की खैरियत पूछने लगी, परंतु उसके चेहरे पर छिपी उदासी को राजमाता ने पढ़ लिया, ''क्या बात है, बेटी? क्या तबीयत खराब है? चेहरा इतना मुरझाया सा क्यों है?''

गुंजन—''नहीं राजमाता, कोई बात नहीं। केवल रास्ते की थकान है।''

राजमाता—''लेकिन इतनी जल्दी क्यों लौट आईं? तुम तो कुछ दिन ठहरने के लिए गई थीं। क्या कुँवरजी ने कुछ बदसलूकी की? बताओ बेटी, मेरा जी घबरा रहा है।''

गुंजन *(अपने भावों को छुपाते हुए)*—''नहीं राजमाता, ऐसी कोई बात नहीं। कुँवरजी को आज ही सुबह जाना था तो मैं

वहाँ रुककर क्या करती?''

लेकिन राजमाता की अनुभवी आँखों ने गुंजन की आवाज में छिपे दर्द को पहचान लिया। उन्होंने बात को आगे न बढ़ाते हुए गुंजन को आराम करने उसके कक्ष में भेज दिया। गुंजन के जाते ही राजमाता के माथे की शिकन बढ़ गई। साथ-ही-साथ वह बुदबुदा उठीं, 'नहीं बेटी, मैं तुझे घुट-घुटकर नहीं मरने दूँगी। शायद अब समय आ गया है कि मैं तेरे लिए कुछ करूँ।' यह सोचकर राजमाता ने परिचारिका के द्वारा माधव को बुलवा भेजा।

माधव के आते ही राजमाता ने कहा, ''माधव! मैंने जो काम तुम्हें सौंपा था, वह पूरा हुआ कि नहीं? जितनी जल्दी हो सके, सभी कार्य पूरे हो जाने चाहिए। पता नहीं, कब तुम लोगों को जाना पड़े।''

राजमाता की चिंतातुर वाणी को सुनकर माधव ने कहा, ''आप चिंता न करें, राजमाता। सब कार्य जल्दी ही पूरा हो जाएगा।''

गुंजन कक्ष में लेटी अपनी आनेवाली जिंदगी पर विचार करने लगी। लेकिन सिवा अंधकार के उसे कुछ नजर नहीं आया। शायद अन्य रानियों की तरह वह भी महल में संवेदनहीन व स्पंदनहीन जीवन जीएगी; क्योंकि अन्य कोई आसरा नहीं है। यह सोचकर वह अपने को मानसिक रूप से इसके लिए तैयार करने लगी।

□

कुँवर साहब को गुंजन के अचानक चले जाने पर कुछ शंका हुई। लेकिन नौकर से बात करने पर उनकी शंका कुछ हद तक दूर हो गई। फोन पर गुंजन से बात करके उनकी रही-सही शंका भी जाती रही। वह निश्चिंत हो अपनी दिनचर्या में फिर से व्यस्त हो गए।

एक दिन, जैसी कि गुंजन को आशंका थी, वही घट गया। मनमोहन टूर पर गया था। उसी मौके का फायदा उठाकर कुँवर साहब रात्रि में नेहा के साथ रँगरेलियों में मस्त थे। तभी दरवाजे पर दस्तक हुई। तब नेहा ने कुँवरजी से कहा, "मैं देखकर आती हूँ कि कौन है! शायद आपका नौकर होगा।"

कुँवर साहब—"अगर नौकर हो तो कह देना कि कोई भी फोन वगैरह हो तो कह दे, साहब घर पर नहीं हैं।"

दरवाजे पर पुनः दस्तक हुई, जिससे नेहा ने जोर से कहा, "आती हूँ।"

दरवाजा खोलते ही नेहा पर बिजली-सी गिर पड़ी। सामने मनमोहन मुसकराता खड़ा था। उसने आगे बढ़कर नेहा को बाँहों में भर लिया। वह जड़-सी उसकी बाँहों में समाई रही।

मनमोहन—"मैच रद्द हो जाने पर मैंने सोचा, तुम्हें आश्चर्यचकित कर दूँ, इसलिए अचानक आ गया। चलो, अंदर चलें।"

नेहा किंकर्तव्यविमूढ़ सी खड़ी रही। लेकिन मोहन शयनकक्ष के द्वार पर पहुँचा ही था कि अंदर से कुँवर साहब की आवाज आई, "नेहा, कौन है? जल्दी आओ।"

मनमोहन स्वप्न में चलता सा कमरे के अंदर पहुँच गया। तब तक उसे कुँवरजी ने देख लिया और वे बिना कुछ कहे इत्मीनान से उठकर बाहर चले आए। मनमोहन सदमे के मारे जड़-सा हो गया था। लगता था कि किसी ने उसके शरीर से सारा रक्त ही निकाल लिया हो। जबान छीन ली हो। वह काफी देर सन्न खड़ा रहा।

नेहा चीखकर उसके पैरों पर गिर पड़ी, "मोहन, मुझे माफ कर दो।"

उसके इतना कहते ही मनमोहन जैसे नींद से जागा। बहुत ही दर्द भरी आवाज में बोला, "नेहा, यह तुमने क्या किया?

मेरे प्यार में क्या कमी थी, जो तुमने यह विश्वासघात मुझसे किया? मैं तुमपर और कुँवरजी पर कितना विश्वास करता था!···" लेकिन बाकी के शब्द उसकी दर्द भरी आवाज में खो गए।

नेहा का भी रो-रोकर बुरा हाल था। उसने रोते-रोते कुँवरजी व अपने संबंध के बारे में सबकुछ बता दिया। यह जानकर मनमोहन को बड़ा धक्का लगा। वह गुस्से में तिलमिलाकर बोला, "मैं अभी उस कुँवर के बच्चे के पास जाता हूँ। उसको सबक न सिखाया तो मेरा नाम नहीं!"

नेहा—"नहीं मोहन, नहीं। तुम उसके पास मत जाओ। वह बड़ा ही खतरनाक आदमी है। मैं तो अल्हड़पन में उसकी शिकार बन गई। मैं स्वयं ही तुम्हारे रास्ते से हट जाऊँगी। मैं जानती हूँ कि अब मैं उससे पिंड नहीं छुड़ा सकती।" इतना कहकर वह फूट-फूटकर रोने लगी।

मनमोहन गुस्से में भरा तेजी से कुँवरजी के घर की तरफ चल पड़ा। नेहा उसको रोकने के लिए चिल्लाती ही रह गई।

मनमोहन कुँवरजी के घर पहुँचकर चीखकर बोला, "कहाँ है वह?"

नौकर ने जवाब दिया, "कुँवरजी तो आते ही बिना बताए चले गए। यह भी नहीं बताया कि कब आएँगे।"

मनमोहन पूरी बात सुने बिना ही चला गया। पार्टी कार्यालय जाकर भी पता किया, लेकिन कुँवरजी वहाँ भी नहीं थे। मनमोहन ने सोचा, 'कहाँ जाएगा बचकर कायर! देखें, कब तक छिपा रहता है! मैं उसके चेहरे से शराफत का मुखौटा उतारकर ही रहूँगा।' मनमोहन का घर जाने का भी मन नहीं किया। किसके लिए जाए? कौन है उसका? यह सोचकर वह पार्क की तरफ बढ़ गया।

कुँवरजी कार में इत्मीनान से बैठे थे, मानो कुछ हुआ ही

न हो। उनके चेहरे पर एक जहरीली हँसी व्याप्त थी और आँखों में एक हिंसक चमक। वह मन-ही-मन सोच रहे थे, 'चलो, जो हुआ, अच्छा ही हुआ। कल तक मनमोहन की क्या प्रतिक्रिया होगी, यह भी मालूम चल जाएगा। तब तक मैं महल में आराम करूँगा।' इस विचार के साथ उनके चेहरे की मुसकान और गहरी हो गई।

अचानक अपने पति के आने की खबर सुनकर गुंजन फूली नहीं समाई। कुँवरजी के आने पर सबकुछ भूलकर वह खुशी से पूछ बैठी, "अचानक इतनी रात में यहाँ कैसे आ गए?"

प्रत्युत्तर में जो जवाब उसे मिला उससे उसकी सारी खुशी हवा हो गई, "क्या मैं तुमसे पूछकर अपने घर आया करूँगा?" इस जवाब के साथ ही वह अंदर चले गए। छोटे कुमार को देखकर उसके साथ खेलने लगे। गुंजन असमंजस में खड़ी रही, फिर कुँवरजी से खाना लगाने के लिए पूछा। कुँवरजी ने कहा, "मैं खाना खाकर आया हूँ। सोना चाहता हूँ।" और शयनकक्ष की तरफ चले गए।

गुंजन मन-ही-मन कहने लगी, 'हाँ, नेहा के रहते अब पत्नी की क्या जरूरत? जब जरूरत बाहर ही पूरी हो जाए तो कोई घर क्यों आएगा? पता नहीं किस काम से यहाँ की याद आ गई। खैर, छोड़ो। पता नहीं मैं क्या सोचने लगी! जब मैंने अपनी जिंदगी से समझौता कर लिया है तो फिर अपेक्षा किस बात की।' गुंजन भी अपने अध्ययनकक्ष में चली गई। जब लौटकर आई तो देखा कि कुँवर साहब सो चुके थे। वह भी सोने का उपक्रम करने लगी।

सुबह वह स्नान करके निकलने वाली ही थी कि उसके कानों में कुँवरजी की तल्ख आवाज पड़ी। शायद वह किसी से फोन पर बात कर रहे थे। पता नहीं किस भावना से वशीभूत होकर गुंजन उनकी बातें ध्यान से सुनने लगी। कुँवरजी

कह रहे थे, 'क्या! मनमोहन इतनी बड़ी हिमाकत करने जा रहा है! आज ही पार्टी दफ्तर जाने से पहले उसका इंतजाम हो जाना चाहिए; नहीं तो वह बड़ी मुसीबत बन जाएगा। किल हिम! और हाँ, अगर कोई बीच में आए तो उसे भी रास्ते से···'इन शब्दों के साथ ही, 'हटा दो।'

गुंजन के मस्तिष्क में हवाइयाँ सी गूँजने लगीं। उसे लगा, मानो चारों तरफ भूचाल आ गया हो। पलक झपकते ही वह सब समझ गई कि मनमोहन को मारने का क्या कारण है। अगर कुँवरजी को यह पता लग जाए कि उसने सब बातें सुन ली हैं तो शायद वह उसे भी रास्ते से हटाने में संकोच नहीं करेंगे। डर के मारे उसके शरीर से कँपकँपी छूटने लगी। तभी कुँवरजी की आवाज उसे दूर से आती प्रतीत हुई, "गुंजन, इतनी देर से स्नानघर में क्या कर रही हो? जल्दी निकलो, मुझे भी तैयार होना है।" घबराहट में गुंजन ने तुरंत दरवाजा खोल दिया। मात्र तौलिए में लिपटे उसके शरीर को देखकर कुँवरजी हँसने लगे।

"गुंजन, यह क्या, इसी तरह बाहर आओगी? तुम मुझसे इतना क्यों डरती हो? जाओ, तैयार होकर आओ। तब तक मैं इंतजार कर लूँगा।"

गुंजन ने पुनः दरवाजा बंद कर लिया और जल्दी-जल्दी तैयार होने लगी। लेकिन शायद डर के मारे उसके हाथ-पैरों व मस्तिष्क में कोई तालमेल नहीं रहा। वह किसी तरह तैयार होकर बाहर निकल आई। कुँवरजी ने एक उड़ती सी दृष्टि उसपर डाली और स्नानघर में चले गए।

उनके जाते ही मानो गुंजन के पैरों में पंख लग गए। वह जल्दी से राजमाता के कक्ष में जा पहुँची। उसको इस तरह आया देखकर राजमाता ने गुंजन को सामान्य करने के लिए प्यार से अपने पास बिठाया। उन्होंने स्वयं दरवाजे को अंदर से बंद

कर लिया और बोलीं, ''हाँ बेटी! बोलो, क्या बात है? तुम्हारी स्थिति आनेवाले तूफान की तरफ संकेत कर रही है। निस्संकोच बताओ, डरो नहीं।''

तब गुंजन ने कुँवरजी और नेहा के संबंधों से लेकर फोन तक की सभी बातें राजमाता को बता दीं। खास बातें बताते-बताते वह फूट-फूटकर रोने लगी। राजमाता ने जल्दी से हाथ से उसका मुँह बंद करते हुए कहा, ''गुंजन, चुप रहो। अगर किसी को यह बात पता चल गई तो तुम्हारा भी वही अंत होगा। तुम्हें शांत रहना होगा तथा अपने हाव-भाव से यह प्रकट करना होगा कि तुम्हें कुछ नहीं पता, समझीं?''

गुंजन—''हाँ, राजमाता! मैं सामान्य रहने की कोशिश करूँगी। लेकिन इसमें मनमोहन का क्या दोष है?''

राजमाता—''चुप रहो, दीवारों के भी कान होते हैं। दिल से नहीं, दिमाग से काम लो। इस समय तुम मनमोहन के लिए कुछ भी नहीं कर सकतीं। अब केवल अपने लिए सोचो, छोटे कुमार के लिए सोचो। अब तुम जाओ। मेरे पास ज्यादा समय रहने से भी उसको शक हो सकता है। अपने को सँभालो।''

राजमाता की बातों ने गुंजन को हिम्मत दी। वह पुनः अपने कक्ष में पहुँची तो देखा, कुँवरजी तैयार हो रहे थे। वे क्रोधित स्वर में बोले, ''कहाँ चली गई थीं?''

गुंजन—''पूजाघर गई थी, वहीं से राजमाता का आशीर्वाद लेने चली गई। कहिए, क्या काम है?''

कुँवरजी—''राजमाता पर तो तुमने जादू ही कर रखा है। इतना प्यार तो वह मुझे भी नहीं करती हैं।''

गुंजन—''ऐसी बात नहीं है। आपकी वजह से ही तो मैं इस घर में हूँ। आप ही तो मुझे इस घर में लाए हैं। इसलिए ही राजमाता मुझे स्नेह करती हैं।''

कुँवरजी—''अच्छा, तो तुमने अब बातें भी अच्छी तरह

बनानी सीख ली हैं।"

गुंजन *(डरकर)*—"नहीं तो।"

कुँवरजी—"डरो नहीं, मैं तो मजाक कर रहा हूँ। राजमाता की जितनी सेवा तुम करती हो उतनी कोई कर ही नहीं सकता। और मैंने तो उन्हें कभी भी सुख नहीं दिया, सिवा दुःख के। वह मुझे क्यों प्यार करेंगी! खैर, तुमने मेरी कमी पूरी कर दी। मैं सदैव तुम्हारा अहसानमंद रहूँगा।"

गुंजन *(आश्वस्त होकर)*—"यह आप कैसी बातें कर रहे हैं! वह आपकी माँ हैं। और फिर पति-पत्नी में कैसा अहसान!"

उसके इस कथन से कुँवरजी के मन में उसके प्रति प्यार उमड़ आया। उन्होंने गुंजन को प्यार से बाँहों में भर लिया। लेकिन डर व घबराहट से गुंजन का शरीर काँप रहा था। इसको महसूस कर कुँवरजी बोले, "गुंजन, क्या बात है? तुम काँप क्यों रही हो? क्या तबीयत खराब है?"

गुंजन—"आज सुबह से ही पता नहीं क्यों, कँपकँपी सी आ रही है।"

कुँवरजी—"ऐसा करो, तुम आराम कर लो। लगता है, बुखार आएगा। अपना भी ध्यान रखा करो।" एक प्यार भरी नजर गुंजन पर डालकर कुँवर साहब चले गए।

इस प्यार को देखकर गुंजन की आँखें नम हो गईं। काश! आप हमेशा मुझे इसी तरह प्यार करते। गुंजन ने देखा, कुमार जाग गया था। वह उसको उठाकर प्यार करने लगी तथा उसकी प्यारी तोतली भाषा में वह खो सी गई। लेकिन मन की घबराहट कम होने का नाम ही नहीं ले रही थी।

□

गुंजन के जाने के पश्चात् राजमाता बेचैनी से अपने कक्ष में चहलकदमी कर रही थीं। वह यह समझ गईं कि वह दिन

आ पहुँचा है, जिसकी उन्हें पहले से शंका थी। अब उन्हें ही कोई ठोस कदम उठाना होगा, तभी गुंजन व कुमार का भला होगा और उन्हें अपने सीने पर पत्थर रखकर इस कार्य को पूरा करना ही होगा। यह सोचकर उन्होंने दासी से माधव को बुला लाने को कहा।

थोड़ी ही देर में माधव आ गया।

राजमाता—"माधव, तुमसे जो काम कहा गया था, वह पूरा हो गया या नहीं; क्योंकि अब समय आ गया है?"

माधव—"जी राजमाता! आपके निर्देश के अनुसार सभी कार्य भलीभाँति कर लिया है। आपकी जब आज्ञा होगी, तभी कार्य भी संपन्न हो जाएगा।"

राजमाता—"तो कल का समय ठीक रहेगा। तुम जाकर तैयारी करो। बाकी मैं सँभाल लूँगी।"

माधव—"जो आज्ञा राजमाता।" वह प्रणाम करके चला गया।

राजमाता को अपनी आँखों में नमी का भास हुआ, जिसे उन्होंने शीघ्रता से छिपा लिया। इसी तरह यह बोझिल दिन कैसे बीत गया, किसी को पता ही नहीं चला।

रात्रि में फोन की घंटी बजते ही कुँवरजी ने लपककर फोन उठा लिया और गुंजन से बोले, "मेरे लिए एक कप चाय बनाकर लाओ।" गुंजन समझ गई कि वह उसे वहाँ से हटाना चाह रहे हैं। वह बिना एक पल भी गँवाए वहाँ से चली गई। थोड़ी देर में वह चाय का कप लेकर आई तो कुँवरजी के चेहरे पर छाए इत्मीनान के भाव को देखकर कप उसके हाथ से छूटते-छूटते बचा। वह जान गई कि मनमोहन अब इस दुनिया में नहीं रहा। कुँवरजी कप पकड़कर 'पार्टी के कार्यकर्ता का फोन था' कहकर बैठ गए। गुंजन भी निर्लिप्त सी बनी रही। लेकिन उसका हृदय इतनी जोर से धड़क रहा था मानो बाहर

ही निकल पड़ेगा। वह मनोभावों को छिपाने के लिए सोने का बहाना करने लगी। परंतु कुँवर साहब ने उसे सोने नहीं दिया।

सुबह उठकर वह दैनिक चर्या से निवृत्त होकर स्नान की तैयारी कर ही रही थी कि कुँवरजी चेहरे पर गंभीरता का मुखौटा चढ़ाए शयनकक्ष में आए और बड़े ही गंभीर स्वर में बोले, ''गुंजन, मनमोहन हम सबको छोड़कर चला गया। उसको किसी ने गोली मार दी। तुरंत ही उसकी मृत्यु हो गई।'' इतना कहकर वह सिर पकड़कर बैठ गए।

गुंजन के हाथों से कपड़े छूट पड़े। वह धम्म से पलंग पर बैठ गई, मानो किसी ने उसकी सारी शक्ति को छीन लिया हो।

कुँवरजी की आँखों से आँसू बहने लगे। वह भर्राई आवाज में बोले, ''चलो गुंजन, तुम भी तैयार हो जाओ। पता नहीं नेहा का क्या हाल होगा! उसको इस वक्त हम लोगों की सख्त जरूरत है।'' लेकिन कोई प्रतिक्रिया न देखकर उन्हें लगा कि गुंजन को गहरा धक्का लगा है। अतः इस स्थिति में उसको न ले जाना ही अच्छा रहेगा। यह सोचकर वह बोले, ''ठीक है, गुंजन तुम्हारी तबीयत ठीक नहीं लगती है। तुम रहने दो, मैं अकेला ही चला जाता हूँ। तुम बाद में आ जाना।'' कहकर वह जाने की तैयारी करने लगे। गुंजन ने मानो कुछ सुना ही न हो, वह जड़वत् बैठी रही। कुँवरजी जल्दी-जल्दी तैयार होकर बाहर निकल गए।

राजमाता को भी वस्तुस्थिति का पता चल गया। वह भी जान गईं कि कुँवरजी ने अपने कार्य को पूरा कर लिया। वह भी अपने कार्य को पूरा करने के लिए तत्पर हो गईं। वाह, औरत की स्थिति! सच में उसका अपना कोई घर नहीं होता। बचपन में पिता के घर पर रहती है, जवानी पति के घर पर और बुढ़ापा बच्चों के घर। पता नहीं वह दिन कब आएगा

जब उसका अपना भी घर होगा। अगर इनमें से कोई भी नाराज हो जाए तो औरत को ही अपना घर छोड़ना पड़ता है। आज वही गुंजन के साथ होने जा रहा है। लेकिन वह भी क्या करे। अगर गुंजन को यहाँ रखेगी तो वह भी उसकी तरह घुट-घुटकर जिंदगी गँवा देगी, उसका बच्चा भी सही रास्ते पर नहीं चलेगा और यह कहानी पीढ़ी-दर-पीढ़ी चलती चली जाएगी। इसको खत्म करने की जिम्मेदारी अब उनपर ही है। यह सोचकर राजमाता रात की तैयारियों में व्यस्त हो गईं।

गुंजन मनमोहन की मृत्यु से सदमे की स्थिति में पहुँच गई थी। वह सबकुछ जानकर भी कुछ नहीं कर सकती थी—सिवा आँसू बहाने के। 'हे भगवान्! तुमने औरत को इतना मजबूर क्यों बनाया? फिर चाहे वह राजमाता हो, चाहे नेहा। औरत मात्र आदमी के हाथ का खिलौना है, जिसे जब तक उसका मन करता है, खेलता है, नहीं तो उठाकर कोने में डाल देता है। वह भी आज कोने में पड़ी वस्तु के समान हो गई है। लेकिन इन सबके बाद भी उसे इसी घर में रहना होगा और कल को यही सब उसका बेटा करेगा; क्योंकि कतिपय राजघरानों की यही परंपरा रही है।' उसका जी चाहा कि वह अपने बच्चे को लेकर इतनी दूर चली जाए, जहाँ पर इन लोगों का साया भी उसके बच्चे पर न पड़े। लेकिन वह यह जानती है कि उसका कहीं ठिकाना नहीं है। शायद ये लोग यही समझकर हम लोगों के साथ ऐसा क्रूर व्यवहार करते हैं। सच भी है, ये खोखले रिश्ते ही हैं जो किसी की मजबूरी व परेशानी नहीं समझ सकते, मात्र झूठी शान व दिखावे में ही लगे रहते हैं। इनकी बेटियाँ एक वस्तु की तरह होती हैं, जिनका आदान-प्रदान घरानों को मजबूत करने के लिए किया जाता है। और हम औरतें जब तक आँख खोलती हैं तब तक सबकुछ बेमानी लगने लगता है। रिश्ते बोझ मालूम पड़ते हैं, जिनको

सारी उम्र ढोना मजबूरी बन जाता है। गुंजन न जाने कब तक इन्हीं विचारों में उलझी रही, तभी माधव काका ने आकर उसे खबर दी कि राजमाता उसे बुला रही हैं।

तन-मन से अस्त-व्यस्त गुंजन राजमाता के कक्ष में पहुँची। उसकी मनोदशा देखकर राजमाता काफी व्यथित होकर बोलीं, "बैठो बेटी!" फिर माधव काका की तरफ मुखातिब हुईं, "माधव, तुम बाहर जाकर देखो कि कक्ष के आस-पास तक कोई न आ सके।"

माधव—"जैसी आज्ञा राजमाताजी!"

माधव काका ने बाहर जाते हुए कक्ष का द्वार बंद कर दिया तथा बड़ी मुस्तैदी से पहरेदारी करने लगे।

राजमाता—"गुंजन बेटी, मैं जो बात तुमसे करने जा रही हूँ उसको ध्यान से सुनो। पहले मैं तुमसे कुछ सवाल पूछती हूँ, उनका जवाब सही-सही देना। मुझे अपनी ही माँ समझकर मन की बात बताना। सबसे पहले यह बताओ कि वर्तमान परिस्थितियों में क्या तुम्हारा मन नहीं करता कि तुम कहीं दूर चली जाओ अपने बच्चे के साथ, जहाँ तुम्हारे बच्चे की परवरिश ठीक ढंग से हो सके?"

गुंजन थोड़ी देर असमंजस की स्थिति में राजमाता को देखती रही, जहाँ उसे अपने प्रति प्यार व सहानुभूति ही दिखाई दी, फिर आश्वस्त होकर बोली, "जी राजमाता! सच में मेरा मन यही करता है कि मैं कहीं दूर चली जाऊँ। आप तो जानती हैं कि मायके में भी ऊँची नाक रखनेवाले लोग मुझे घर में नहीं रहने देंगे। रही बात कुँवरजी की, तो वह तो शुरू से ही मेरे नहीं थे। ऊपर से अगर मनमोहनवाली बात उन्हें मालूम हो जाए तो वह मुझे भी मार डालेंगे और मेरा बेटा भी बड़ा होकर उन्हीं के पद-चिह्नों पर चलेगा, जो एक माँ कभी भी नहीं चाहेगी।"

राजमाता—"अगर मैं तुम्हारे लिए बाहर कहीं व्यवस्था कर दूँ, तो तुम जाना चाहोगी?"

गुंजन *(चौंककर)*—"जी राजमाता! सच में, मैं यहाँ से जाना चाहती हूँ। मैं भी एक सामान्य जिंदगी जीना चाहती हूँ।"

राजमाता—"तो बेटी, आज ही जाने की तैयारी कर लो। लेकिन यह बात किसी को कानोकान पता न चले। जाकर अपने बच्चे के कपड़े, गहने तथा रुपए-पैसे जो भी हो, रख लो। हाँ, ज्यादा कपड़े मत ले जाना। कीमती सामान ज्यादा रखना, जो बाद में तुम्हारे काम आएँ। मैंने यहाँ से बहुत दूर एक पहाड़ी गाँव में तुम्हारे रहने के लिए मकान व बाग आदि खरीद लिये हैं। वहाँ तुम अपने बच्चे के साथ पूरी जिंदगी आराम से रह सकती हो। और हाँ, तुम्हारे नाम बैंक में काफी धन जमा करवा दिया है। तुम पूछती थीं कि माधव काका बीच-बीच में कहाँ चले जाते हैं, तो मैं ही उन्हें यह सब इंतजाम करने के लिए भेजती थी। तुम माधव काका व काकी की परित्यक्ता बेटी बनकर वहाँ रहोगी। तुम तो जानती ही हो कि माधव तुम्हें अपनी बेटी की तरह मानता है। जब तुम शहर गई थीं, मैं स्वयं जाकर सब इंतजाम देख आई थी। महल में सबको पता था कि मैं माधव के साथ धार्मिक स्थल के दर्शन करने गई हूँ। बेटी, वहाँ जाने के पश्चात् तुम कैसी भी परिस्थितियाँ हों, कभी भी मुझसे या महलवालों से कोई संपर्क नहीं रखना। तुम कहाँ रह रही हो, यह कभी भी किसी को पता न चलने पाए। नहीं तो कल को तुम कुमार से हाथ धो बैठोगी। ये लोग जबरदस्ती कुमार को तुमसे छीन लेंगे। इसलिए, बेटी, अगर मेरे मरने की खबर भी तुम्हें मिले तब भी तुम वापस मत आना और न ही कोई पत्र आदि लिखना।" इतना कहकर राजमाता ने आँसुओं से भरी अपनी आँखें फेर लीं।

गुंजन—"नहीं राजमाता, मैं आपको छोड़कर कहीं नहीं

जाऊँगी। आप भी चलिए हम लोगों के साथ।''

राजमाता—''बेकार की बात नहीं करते, बेटी। मैंने अपनी पूरी जिंदगी यहीं बिता दी है। अब इस उम्र में कहाँ जाऊँगी! तुम्हारे सामने पूरी जिंदगी पड़ी है। फिर मेरे बाद यहाँ पर तुम्हारा कौन है? यह महल यहाँ की रानियों-महारानियों की सिसकियों से भरा पड़ा है। मैं नहीं चाहती कि अब आगे इस महल में दुबारा कोई औरत घुट-घुटकर मरे। अगर तुम यहाँ से नहीं जाओगी तो तुम, तुम्हारे बाद तुम्हारी पुत्रवधू, उसके बाद कोई और—इस तरह यह सिलसिला न जाने कब तक चलेगा। इसलिए बेटी, इसका अंत करने के लिए तुम्हें यहाँ से जाना ही होगा। अगर तुम मुझे प्यार करती हो, मेरा सम्मान करती हो तो कुमार को साधारण परवरिश देकर एक अच्छा व सच्चा इनसान बनाना। एक सुशील व पढ़ी-लिखी साधारण घर की लड़की से इसका विवाह करना। अब जाओ, तैयारी करो।'' कहकर राजमाता चुप हो गईं।

गुंजन ने श्रद्धा के साथ राजमाता के चरण-स्पर्श किए और कक्ष के बाहर चली आई। तैयारी करते हुए वह सोच रही थी कि राजमाता ने कितना बड़ा त्याग किया है। वह राजमाता की इच्छा को जरूर पूरा करेगी।

रात्रि का प्रथम प्रहर बीतने वाला था। महल में गहरा सन्नाटा छाया हुआ था। चौकीदार की टक-टक निस्तब्धता को भंग कर रही थी। लेकिन राजमाता के कक्ष में जागरण के चिह्न थे। कक्ष में गुंजन, कुमार, माधव काका व काकी उपस्थित थे। गुंजन बार-बार भाव-विह्वल हो रही थी। लेकिन राजमाता के चेहरे पर संतोषपूर्ण धैर्य था। वह एक सूटकेस गुंजन की तरफ बढ़ाई। खोलकर देखने पर पता चला कि उसमें राजमाता के गहने तथा कुछ धनराशि थी।

गुंजन ने राजमाता से कहा—''माँ, ये गहने आप अपने

पास रखिए। आपका आशीर्वाद ही काफी है।''

राजमाता—''मैं अब इन गहनों का क्या करूँगी? और यहाँ इन्हें कौन पहनेगा? इनको मेरी पौत्रवधू के लिए रख लो। मेरी यह अंतिम निशानी है, बेटी! इनकार मत करो।'' फिर माधव से कहा, ''माधव, मेरी बेटी का खयाल रखना। इसने इतनी छोटी सी उम्र में बड़े कष्ट सहे हैं।''

माधव—''राजमाता, आप चिंता न कीजिए, मैं रानी साहिबा...''

राजमाता ने बीच में ही रोककर कहा, ''नहीं माधव, रानी साहिबा नहीं, गुंजन कहो। आज से यह तुम्हारी बेटी है।''

माधव—''राजमाता, आपका मैं सदैव ऋणी रहूँगा, जो आपने मुझ निस्संतान को बेटी दे दी। आज से गुंजन मेरी बेटी है। आप चिंता न करें।''

राजमाता ने गुंजन से कहा, ''अच्छा बेटी, जाओ। सदा खुश रहना और फिर कभी इधर मुड़कर न देखना। जाओ बेटी, जाओ, नहीं तो देर हो जाएगी।'' और राजमाता का कंठ अवरुद्ध हो गया।

गुंजन 'माँ' कहकर राजमाता से लिपट गई और जोर-जोर से रोने लगी। उसे राजमाता ने तत्काल चुप करा दिया और आँसू बहाते बोलीं, ''बेटी, इस महल में हम लोग न तो जोर से हँस सकते हैं और न रो सकते हैं। माधव, इसे जल्दी से ले जाओ। यह मुझे भी कमजोर बना रही है।'' राजमाता ने गुंजन व कुमार को प्यार कर उनसे अंतिम विदा ली।

माधव काका ने गुंजन को पकड़कर कक्ष से बाहर किया। गुंजन के आँसू थे कि रुकने का नाम ही नहीं ले रहे थे। राजमाता की याद उसका कलेजा चीर रही थी। राजमाता भी कक्ष का द्वार बंद कर मुँह दबाकर जोर-जोर से रोने लगीं। माधव काका ने दो जोड़ी बुर्के निकालकर गुंजन और काकी

को दिए। दोनों ने बिना प्रतिवाद किए उन्हें पहन लिया। माधव काका पहले से ही पठान की पोशाक में थे। इस तरह पिछले द्वार से सब महल के बाहर आ गए। गुंजन बड़ी हसरत से महल को देखने लगी कि एक दिन किस तरह बाजे-गाजे के साथ वह इस महल में दुलहन बनकर आई थी और आज किस तरह चुपचाप उसे महल से जाना पड़ रहा है। उसका चेहरा आँसुओं से भीग गया था।

उसकी स्थिति देखकर माधव ने कहा, ''बेटी, इतना भावुक नहीं होना चाहिए। मैंने राजमाता को भी तिल-तिल कर पिसते देखा है। और तुम्हें भी यहाँ कौन सी खुशी मिली है! चलो बेटी, अब एक नई जिंदगी तुम्हारा स्वागत कर रही है।''

वे लोग स्टेशन पहुँच गए। माधव ने जरीना, नफीसा व अहमद खान नाम से तीन टिकट प्रथम श्रेणी के दिल्ली तक के लिये। फिर वे सब रेलगाड़ी पर सवार हो गए।

सुबह जागरण के बाद राजमाता ने सभी को यह बता दिया कि गुंजन की माँ की तबीयत अचानक खराब हो गई, इसलिए रात्रि में ही माधव और उसकी पत्नी के साथ वह अपने मायके रवाना हो गई। राजमाता चाहती थीं कि दो-तीन दिन तक कुँवर साहब को कोई भी खबर न मिले। तब तक तो वे लोग सकुशल अपने गंतव्य तक पहुँच जाएँगे। राजमाता इस वक्त अपने को काफी हलका महसूस कर रही थीं। आगामी समस्याओं के लिए वह योजना बनाने लगीं; क्योंकि वह जानती थीं यह सब पता चलते ही कुँवरजी सबसे पहले उनसे ही पूछताछ करेंगे। महल में सबकुछ सामान्य गति से चल रहा था। केवल राजमाता के हृदय को छोड़कर उन्हें रह-रहकर गुंजन व कुमार की याद आती थी। लेकिन उन्होंने अपने हृदय पर पत्थर रख लिया था।

□

राजधानी में कुँवरजी जब नेहा के घर पहुँचे तो बाहरवाले कमरे में मनमोहन का पार्थिव शरीर रखा गया था। उसको देखकर वह घड़ियाली आँसू बहाने लगे। मनमोहन के पिता के गले लगकर रो पड़े। उनको सामने देखकर मनमोहन के माता-पिता व घरवालों की रुलाई फिर से फूट पड़ी। नेहा सूनी आँखों से कुँवरजी की नाटकीयता देखती रही। वह यह अच्छी तरह जानती थी कि मनमोहन की हत्या में जरूर उसका ही हाथ है। लेकिन वह किसी से कुछ कह नहीं सकती थी। कुँवरजी ने आते ही घर के सदस्य की तरह सब कार्य सँभाल लिया था। लेकिन लोगों की फुसफुसाती आवाज से वह स्वयं को नहीं बचा पाए; क्योंकि आस-पास के लोग नेहा और उसके संबंधों को शक की नजर से देखते थे। इस तरह गमगीन माहौल में मनमोहन का अंतिम संस्कार कर दिया गया।

नेहा को लगा मानो उसका समस्त अस्तित्व ही मनमोहन की चिता के साथ जलकर राख हो गया है। मनमोहन के माता-पिता नेहा के गर्भ में मनमोहन की आखिरी निशानी को यथासंभव सँभालने की बात उससे कहते तो वह मन मसोसकर रह जाती। और जब वह अपनी आग्नेय दृष्टि कुँवरजी पर डालती तो वे उसे नजरअंदाज कर देते; क्योंकि वह जानते थे कि इस समय उसे कुछ कहना उसे घायल शेरनी बना डालेगा, जो सबके सामने उसकी इज्जत के चिथड़े कर देगी।

शाम को थक-हारकर कुँवरजी अपने घर पहुँचे। तब वहाँ उन्हें गुंजन के मायके चले जाने का पता चला। उस समय थके होने के कारण उन्होंने इसपर ज्यादा ध्यान नहीं दिया। दूसरे दिन सुबह पता चला कि मनमोहन के माता-पिता नेहा को साथ लेकर गाँव चले गए हैं। तब कुँवरजी ने भी चैन की साँस ली कि चलो, कुछ दिनों के बाद नेहा स्वतः ही ठीक हो जाएगी। लेकिन कुछ अखबारों में मनमोहन के हत्यारों के विषय

में जब छपने लगा तो उनकी चिंता दुगुनी हो गई। यहाँ तक कि कुछ पत्रिकाओं में ढके शब्दों में कुँवरजी व नेहा के संबंधों का भी जिक्र आया, जिसको कुँवरजी ने तत्काल अपनी राजनीतिक पहुँच और प्रभाव से दबवा दिया। किंतु एक के बाद एक चिंता अब उन्हें घेरने लगी थी। उधर अचानक गुंजन के चले जाने से उनका मन व्यथित हो रहा था कि कहीं गुंजन को सच्चाई तो पता नहीं चल गई। यह जानने के बाद वह तत्काल अपनी ससुराल गए। वहाँ पर पहुँचते ही मानो उनपर बिजली ही गिर पड़ी हो जब उन्हें यह पता चला कि गुंजन तो यहाँ आई ही नहीं।

अब दोनों राजवंशों की इज्जत दाँव पर लग गई थी। तब बहुत विचार-विमर्श के पश्चात् यह तय किया गया कि एक झूठी कहानी गढ़ी जाए कि गुंजन कुमार व माधव और उसकी पत्नी के साथ तीर्थस्थान को चली गई है तथा कुछ दिन पश्चात् एक दुर्घटना में उसे मृत घोषित कर श्राद्ध आदि द्वारा उसका कृत्रिम अंतिम संस्कार कर दिया जाए। इस तरह योजना बनाकर दोनों राजवंशों ने अपनी इज्जत को ढके रखना ही उचित समझा।

कुँवरजी आनन-फानन में राजमहल पहुँचे तथा सीधे राजमाता के कक्ष में पहुँचकर दबे स्वर में गुंजन के बारे में पूछने लगे, "राजमाता, गुंजन कहाँ है? मुझे मालूम है कि आपको जरूर पता होगा। बताइए, नहीं तो इस वंश की इज्जत खाक में मिल जाएगी।"

राजमाता—"वाह रे इज्जत के ठीकेदार! राजवंश के मर्द कुछ भी करें तब वंश की इज्जत दाँव पर नहीं लगती, लेकिन अगर राजवंश की कोई औरत इज्जत की जिंदगी जीना चाहे तो इनकी इज्जत पर बट्टा लग जाता है! यहाँ पर रहकर वह रात-दिन जलालत व अपमान भरी जिंदगी जीती रहे तो ये लोग खुश रहेंगे! कुँवर साहब! गुंजन आजाद हो गई है इस कैद से।

और मैंने किया है यह सब। अब जो चाहो, कर लो। बहुत सह लिया मैंने, आखिर अब तो इसका अंत होना चाहिए। सो मैंने कर दिया इस त्रासदी का अंत।'' राजमाता मानो घायल शेरनी की तरह गुर्रा रही थीं।

कुँवर साहब विस्फारित नेत्रों से राजमाता का यह अनजाना विकराल रूप देख रहे थे। फिर कुछ न कहकर चुपचाप चले जाने में ही उन्होंने अपनी भलाई समझी। लेकिन चेहरे पर उभरी उलझन को वह न छिपा सके। कुँवरजी रात-दिन इसी चिंता में रहते कि किस प्रकार रानी गुंजन के पलायन को छिपाया जा सके। फिर ससुराल पक्ष के साथ बनी योजना पर अमल करने का निश्चय उन्होंने किया। योजनानुसार पाँच-छह दिन पश्चात् ससुराल से आए खबरनवीस ने यह खबर सबके समक्ष देकर महल में सनसनी फैला दी कि रानी गुंजन, कुमार तथा माधव एवं उसकी पत्नी का वाहन घाटी में गिर जाने से उनका निधन हो गया। इसे जानकर कुँवरजी सबके सामने ही विलाप करने लगे। लेकिन मन-ही-मन वह अपने को बोझ मुक्त पा रहे थे।

महल में उठे कुहराम की खबर जब राजमाता को दासी द्वारा पता चली तो उनके चेहरे पर व्यंग्य भरी मुसकान फैल गई और परिहास भरी मुसकान लिये उन्होंने महल में उठे रुदन को देखा। जब नजर कुँवर के झूठे गमगीन चेहरे पर पड़ी तो उनके भाव घृणा में बदल गए। वह बुदबुदा उठीं, 'तो आखिर तुम दोनों राजवंशों ने अपनी झूठी शान व प्रतिष्ठा को बचाने के लिए चार मासूमों को जीते ही मार डाला।' राजमाता का यह व्यवहार लोगों ने गहरे सदमे का कारण माना। फिर महल में कई दिनों तक यह शोकपूर्ण आडंबर चलता रहा। विधि-विधान के अनुसार रानी साहिबा व अन्य को गौरवमयी अंतिम विदाई देकर कुँवर साहब भी महल से विदा हो गए।

राजमाता इन सब कार्यों से मानसिक रूप से इतनी व्यथित हो गईं कि उन्होंने एकांतवास ग्रहण कर लिया।

□

गुंजन कुमार के साथ हिमाचल प्रदेश के एक छोटे से रमणीक कस्बे मणिकर्ण में पहुँच चुकी थी। माधव ने पहले से ही सब व्यवस्था कर रखी थी। सुख-सुविधा से भरा छोटा सा मकान उनके स्वागत के लिए तैयार था। वहाँ के निवासी गुंजन को माधव दंपती की बेटी के रूप में ही जानते थे, जिसको उसके पति ने छोड़ दिया था। उसी कस्बे में माधव ने सेब व फलों का बड़ा बाग व काफी जमीन पहले से ही खरीद ली थी, इसीलिए फलों का व्यवसाय जमने में ज्यादा समय नहीं लगा। गुंजन अभी भी सदमे से उबर नहीं पाई थी। वह रात-दिन गुमसुम सी आँसू बहाया करती। उसे सबसे ज्यादा राजमाता याद आती।

काकी के समझाने पर वह कहती, "काकी, इसमें मेरा क्या दोष है, बताइए? सिर्फ मैंने राजवंश में जन्म लिया, इसलिए मुझे यह सब झेलना पड़ा। भगवान् ने मुझे आपके घर में जन्म क्यों नहीं दिया?"

काकी—"तो क्या हुआ, बेटी! अब तो तुम हमारी बेटी हो गई हो।"

गुंजन—"काकी, अगर मैं आपकी कोख से जन्म लेती तो इतना अपमान तो न सहना पड़ता। काकी, आपको पता नहीं, मुझे तो राजमाता की वजह से इस राजवंश से मुक्ति मिल गई। लेकिन मेरे घर की औरतों ने किस तरह घुट-घुटकर जीवन जिया है, यह मैं ही जानती हूँ।"

काकी—"बेटी, पुरानी सब बातों को भूल जाओ और राजमाता की आज्ञा का पालन करो।"

गुंजन—"आप सच कहती हैं, तभी तो राजमाता का त्याग

व्यर्थ नहीं जाएगा।''

समय बड़े-से-बड़े घाव भर देता है, लेकिन गुंजन का घाव समाचार-पत्र के एक छोटे से समाचार ने भर दिया—'कुँवर समर बहादुर को पत्नी-शोक'। यह पढ़कर वह अवाक् रह गई कि ये लोग इतना नीचे भी गिर सकते हैं। इस छोटे से वाक्य ने उसकी सारी जिंदगी बदलकर रख दी। एक दृढ़ निश्चय के साथ वह माधव के पास गई और बोली, ''काका, मुझे भी कुछ काम करना है। यहाँ पर कोई भी स्कूल नहीं है। मैं यहाँ पर स्कूल खोलना चाहती हूँ, जिससे बच्चों को भी शिक्षा मिलेगी और मेरा समय भी कट जाएगा।''

काका—''यह तो बहुत अच्छा सोचा, बेटी। कस्बे में ही जमीन लेकर स्कूल खोल देते हैं। मैं कल से ही इस व्यवस्था में लग जाता हूँ।''

गुंजन का जीवन व्यवस्थित हो चला था। प्रारंभ से ही उसके स्कूल में बच्चों की संख्या अच्छी हो गई। उसपर उसके व्यवहार ने वहाँ के निवासियों में उसकी सम्मानित छवि अंकित कर दी। वह वहाँ पर 'दीदी' के संबोधन से पुकारी जाने लगी। खासकर बच्चों में वह ज्यादा-से-ज्यादा लोकप्रिय हो गई। गुंजन को यह जीवन रास आने लगा। उसकी खोई मुसकराहट फिर वापस लौट आई। वह कुमार तथा बच्चों के साथ बच्चों-सी प्यारी बच्ची बन जाती। उसके बदलते जीवन को देखकर काका व काकी ने भी चैन की साँस ली। सचमुच गुंजन को एक विस्तृत आकाश मिल गया था, जहाँ वह परिंदों की भाँति उड़ सकती थी, कलियों की भाँति खिल सकती थी। लेकिन कभी-कभी समाचार-पत्रों के माध्यम से पुरानी यादें उसे आहत कर जाती थीं। इस तरह कई महीने और वर्ष बीत गए।

□

राजधानी में कुँवर साहब नेहा के वापस लौटने का इंतजार

करने लगे। नेहा ने गाँव में ही एक खूबसूरत सी बच्ची को जन्म दिया। परंतु बच्ची की शक्ल देखकर वह काँप उठी। बच्ची हूबहू कुँवर साहब पर गई थी। घरवालों को भी अब कुछ भी समझाने की जरूरत नहीं रह गई थी। वे लोग बच्ची को देखकर और समाचार-पत्रों के अस्पष्ट समाचारों से बहुत कुछ जान गए थे, जो उनके बदले रूखे व्यवहार ने स्पष्ट कर दिया था। जिसे वे अपने बेटे की अंतिम निशानी समझ रहे थे वह उसकी मौत की निशानी थी। सबकुछ जानकर भी वे अनजान बने रहे। आखिर कौन वैर मोल ले। जिसको जाना था वह तो चला ही गया था। जो बाकी बचा था उसे बचाना ही उन्होंने हितकर समझा। लेकिन नेहा के प्रति वह अपना व्यवहार सामान्य न रख सके और न ही नवजात बच्ची के प्रति। इसलिए नेहा ने भी राजधानी आना ही ठीक समझा।

नेहा अपनी बच्ची को लेकर वापस उसी घर में आ गई, जहाँ से उसने मनमोहन के साथ जीवन शुरू किया था और जो उसकी बरबादी का भी साक्षी था। उस घर में प्रवेश करते ही उसका दिल हाहाकार कर उठा। सच में, हर व्यक्ति शक्तिशाली का ही साथ देता है। उसके साथ इतना कुछ घट गया, लेकिन समाचार-पत्रों ने केवल कुछ पृष्ठों को रँगकर अपनी स्याही खत्म कर दी, जिससे मात्र उसके माथे पर ही कालिख लगी—और सब बेदाग छूट गए। वह यह भी जान गई थी कि मनमोहन के घरवालों से उसका नाता हमेशा के लिए खत्म हो गया और उसके मायकेवाले उच्च जाति के होने के कारण तथा उसकी इस बदनामी के चलते उससे संबंध नहीं रखेंगे। अब जो कुछ भी करना है, उसे ही करना है। गुंजन दीदी की मृत्यु की खबर उसने अखबार में पढ़ ली थी। वह यह भी जान गई थी कि इस घटना का कारण जरूर वह ही है। एक गलती ने उसे दो निर्दोष लोगों की मौत का कारण

बना दिया। यह सोचकर वह फूट-फूटकर रो पड़ी। तभी बच्ची के रोने से उसका ध्यान भंग हुआ। बच्ची का मुँह देखकर वह एक दृढ़ निश्चय से बुदबुदा उठी, 'मैं तुझे तेरा स्थान दिलाकर ही रहूँगी।' और बेटी को प्यार से गले लगा लिया।

कुँवरजी को जैसे ही पता चला कि नेहा वापस लौट आई है, तो उनकी खुशी का ठिकाना न रहा। उसका मादक समर्पण याद आते ही वह बरबस उधर ही खिंचे चले आए। नेहा ने जैसे ही कुँवरजी को देखा, हलके से मुसकराकर बच्ची को उसके सामने कर दिया। बच्ची में स्वयं का प्रतिबिंब देखकर कुँवरजी हड़बड़ा गए।

उनकी इस घबराहट का मजा लेते हुए नेहा ने कहा, "है न कुँवरजी, आपकी कार्बन कॉपी। क्यों न हो, आखिर यह है तो आपकी ही संतान। यह सब मुझे या आपको बताने की जरूरत नहीं। बच्ची की सूरत ही साक्षात् प्रमाण है। इसी सूरत की वजह से ससुराल में भी बिना कुछ बताए सबको पता चल गया कि यह बच्ची किसकी है। बताइए, अब आपका क्या आदेश है?"

कुँवरजी—"इस बच्ची को लेकर तुम कहीं चली जाओ। इसका और तुम्हारा खर्चा मैं सारी उम्र उठाऊँगा।"

बात पूरी होने से पहले ही नेहा बिफर पड़ी, "कुँवरजी! मैं कोई गुंजन दीदी नहीं हूँ, जो चुपचाप मर जाऊँ। अब आप मेरा कुछ नहीं बिगाड़ सकते। जो कुछ बिगाड़ना था, आपने बिगाड़ लिया। इस समय मेरा कोई अपना नहीं है इस बच्ची के सिवा। और भगवान् की माया देखें, यह बच्ची ही आज मेरा सबसे सशक्त हथियार है। अभी लोग मनमोहन की हत्या भूले नहीं हैं। ऊपर से गुंजन दीदी की मौत को भी लोग शक के घेरे में ले रहे हैं। इस समय अगर आपने मेरा बाल भी बाँका किया तो मैं भी आपको कहीं का नहीं रहने दूँगी।"

कुँवरजी—"तो धमकी दे रही हो मुझे? तुमको शायद पता नहीं कि गुंजन मरी नहीं है। वह कहीं चली गई है। मैंने ही उसका श्राद्ध कर उसे मार दिया है। समझी!"

नेहा—"अरे, यह बताकर आपने मेरी राहें और आसान कर दीं; क्योंकि मुझे जरूरत पड़ेगी तो गुंजन दीदी चाहे कहीं भी हों, मेरी मदद करने अवश्य आएँगी। शायद वह भी आपके बारे में सबकुछ जानकर नफरतवश आपको छोड़कर चली गई हैं।"

कुँवर साहब पर मानो वज्रपात हो गया। उन्होंने तो इस पहलू से सोचा ही नहीं था। वह यह सोच रहे थे कि नेहा इस समय जो कह रही है, सच कह रही है। मैं इस समय कोई ऐसा कदम नहीं उठा सकता जो उसके स्वयं के लिए भारी पड़ जाए। फिर स्वयं के मनोभाव छिपाकर बोले, "तो बताओ, क्या चाहती हो? तुम्हारा साथ मुझे भी बहुत अच्छा लगता है।"

नेहा ने देखा कि तीर निशाने पर लगा है, तो वह कुँवर साहब को समझानेवाले लहजे में बोली, "देखिए, समय की माँग के अनुसार इस समय मेरा भी कोई नहीं है और गुंजन दीदी भी आपको छोड़कर जा चुकी हैं। ऊपर से बच्ची जैसे-जैसे बड़ी होगी, लोगों को स्वयं पता चल जाएगा कि यह आपकी बच्ची है। कितनों का मुँह बंद करेंगे? भविष्य में आपको भी जीवनसाथी की आवश्यकता पड़ेगी। मुझे और इस बच्ची को भी सम्मानित जीवन चाहिए। अत: अगर हम लोग शादी कर लें तो लोगों की जुबान स्वत: ही बंद हो जाएगी और आप पर कोई आँच भी न आएगी। मैं आपकी निजी जिंदगी में भी कोई दखलंदाजी नहीं करूँगी। वरना अगर आप किसी अन्य को ब्याह कर लाएँगे तो वह भी गुंजन दीदी की तरह या तो आप पर अंकुश लगाएगी या पलायन कर जाएगी। इसलिए हम दोनों के लिए एक ही रास्ता है कि हम शादी कर लें।"

नेहा के चुप होते ही कुँवर साहब विचारमग्न हो गए। उन्हें

नेहा की बातों में तथ्य नजर आ रहा था। सबसे फायदेवाली बात यह थी कि वह कुछ भी करें, नेहा उनका विरोध नहीं करेगी। कुँवरजी काफी सोचने के बाद बोले, ''नेहा, तो यह पक्का रहा कि तुम मेरी किसी भी बात का अन्य पत्नियों की भाँति विरोध नहीं करोगी। मैं चाहे कितनों से संबंध रखूँ, साथ ही तुम तो मेरी रहोगी ही।''

नेहा—''मैं आपसे वादा करती हूँ, आप केवल मेरी बच्ची को अपना नाम दे दीजिए और मुझे सम्मानित जीवन। इसके सिवा मैं आपसे कुछ नहीं चाहूँगी।''

कुँवरजी—''तो ठीक है, मैं और तुम जल्दी ही मंदिर में शादी करके महल जाएँगे और वहाँ मैं सार्वजनिक रूप से तुम्हें अपनी पत्नी घोषित कर दूँगा। गुंजन के बाद मुझे भी शादी तो करनी ही है, फिर तुममें क्या बुराई है! कोई दूसरी रहेगी तो वह दिन-रात झिकझिक करके मेरी आजादी में दखल डालेगी।''

फिर दोनों ने मंदिर में जाकर विवाह कर लिया। इस विवाह का कुछ लोगों ने समर्थन किया तो कुछ ने विरोध। विवाह के पश्चात् जब प्रथम बार दोनों राजमाता का आशीर्वाद लेने राजमहल गए तो वहाँ पारंपरिक रीति-रिवाजों के अनुसार न तो उनका स्वागत किया गया और न ही किसी ने खुशियाँ जाहिर कीं। फिर भी नेहा कुँवर साहब को साथ लेकर राजमाता के कक्ष में पहुँची। उन दोनों को देखकर राजमाता ने अपना मुँह फेर लिया।

नेहा ने चरण-स्पर्श करने चाहे तो राजमाता की गर्जना से उसके हाथ जहाँ के तहाँ रुक गए, ''ठहर जाओ, नेहा! मेरा आशीर्वाद तुम्हें कभी नहीं मिलेगा। मेरे लिए तुम कभी भी बहूरानी नहीं बन सकतीं। मेरी बहूरानी सिर्फ और सिर्फ गुंजन ही है और रहेगी। अपने जीते-जी मैं न तो तुम्हें बहूरानी का

दरजा दूँगी और न ही इस महल की रानी का। तुम मेरे लिए कल मेहमान थीं और आज मात्र कुँवर की रखैल। तुम क्या समझती हो कि तुम इस पाप से बच जाओगी? मेरी बद्दुआ तुम्हें कभी भी चैन से नहीं रहने देगी। तुम दो मासूमों की जिंदगी की हत्यारिन हो। चली जाओ यहाँ से! आज भी महल में मेरी इच्छा ही सर्वोपरि है। मैं अपने जीते-जी तुम्हें कभी स्वीकार नहीं करूँगी और न ही इस महल में रहने दूँगी।''

नेहा—''पर राजमाता...''

कुँवर—''चलो नेहा, पता नहीं माँ पर गुंजन ने क्या जादू कर रखा है!''

राजमाता—''हाँ, इसे यहाँ से ले जाओ और सुनो, यहाँ पर मेरे रहते विवाह का कोई उत्सव नहीं होगा। मेरे मरने के बाद जो तुम्हारे मन में आए, सो करना।'' कहते-कहते राजमाता हाँफने लगीं। उनका पूरा शरीर पसीने से तर हो गया। उनकी यह हालत देखकर नेहा घबड़ाकर उनकी तरफ बढ़ी। तभी राजमाता चीख उठीं, ''वहीं खड़ी रहो, मुझे छूना भी नहीं। तुम जैसी औरत को मैं देखना भी पसंद नहीं करती।'' वह दासी को पुकारने लगीं। दासी ने जल्दी से आकर उन्हें सँभाला। उन्हें पानी पिलाया। राजमाता थके स्वर में बोलीं, ''दासी, इन लोगों से कह दो, चले जाएँ। मैं जानती हूँ, मैं ज्यादा दिन जीवित नहीं रहूँगी। और अब मैं जीवित रहना भी नहीं चाहती। उसके बाद इन लोगों की जो मरजी हो, वह करें।'' इतना कहते-कहते फिर से उनकी साँस फूलने लगी।

उनकी तबीयत बिगड़ते देखकर दोनों ने तुरंत वहाँ से जाना ही उचित समझा। दोनों पुनः राजधानी के लिए प्रस्थान कर गए।

कुँवर से इस व्यवहार की राजमाता को उम्मीद नहीं थी। उन्हें गहरा सदमा लगा, जिसके कारण उन्होंने बिस्तर पकड़ लिया।

इसके कुछ दिनों बाद ही राजमाता का निधन हो गया। उनके निधन से राजमहल का कोना-कोना चीत्कार कर उठा। ऐसा लगता था कि एक युग का अंत हो गया।

उनकी मृत्यु का समाचार पाकर कुँवरजी व नेहा दोनों राजमहल आ गए। लेकिन नेहा के कानों में अभी भी राजमाता के कथन गूँज रहे थे। उसका सिर स्वतः ही इस भद्र महिला के आगे नतमस्तक हो उठा। वह स्वयं ही कह उठी, 'राजमाता, मैं मानती हूँ, मैं अपराधी हूँ; लेकिन मैं मजबूर थी। इसके सिवा मेरे पास दूसरा कोई रास्ता नहीं था। नहीं तो मैं गुंजन दीदी का स्थान कभी न लेती।' एक और बात नेहा ने नोटिस की कि कुँवरजी के मन के किसी कोने में गुंजन दीदी के प्रति अपार श्रद्धा थी।

नेहा जब महल में आकर अपना सामान गुंजन के महल में रखवाने लगी तो कुँवरजी ने स्वयं आकर दासियों को सामान दूसरे कक्ष में ले जाने को कहा। वे नेहा से बोले, "नेहा, तुम्हारे कहने पर मैंने तुमसे विवाह किया है; लेकिन इस कक्ष में गुंजन के अलावा किसी का भी रहना मैं सहन नहीं कर सकता। उसने इस कक्ष को बहुत प्यार से सजाया था और उसकी इस निशानी को मैं मिटने नहीं दूँगा। उसके कपड़े और सब सामान यहीं पर हैं। इस कक्ष में उसकी यादें समाई हैं।" इतना कहकर वे उसे लेकर दूसरे कक्ष में चले गए।

राजमाता के अंतिम संस्कार के पश्चात् नेहा कई महीनों तक राजमहल में रही तथा धन के द्वारा जरूरतमंदों की मदद करके लोगों के दिल में जगह बनाने लगी। जनता की याददाश्त बड़ी कमजोर होती है, धीरे-धीरे महल के लोगों व जनता ने उसे रानी साहिबा के रूप में स्वीकार कर लिया।

□

गुंजन यकायक चीखकर उठ बैठी। उसकी आँखों से आँसू

बह रहे थे। उसकी चीख सुनकर काकी व माधव काका दौड़कर वहाँ पहुँचे। गुंजन काकी को देखते ही उनसे लिपटकर रोने लगी।

"काकी, मैंने बड़ा बुरा सपना देखा है कि राजमाता…" आगे के शब्द उसके रुदन में खो गए।

काकी—"बेटी, यह तुम्हारा वहम है। तुम राजमाता से बहुत प्यार करती हो, तुम्हारा मन उनकी चिंता में लगा रहता है, इसलिए तुमने यह सपना देखा। सो जाओ बेटी! ज्यादा चिंता मत करो।" इतना समझाकर काका और काकी चले गए।

लेकिन गुंजन को फिर नींद नहीं आई। उसका मन रात भर अनजानी आशंका से ग्रसित रहा। सुबह उसे समाचार-पत्र से पता चला कि उसकी आशंका निर्मूल नहीं थी। राजमाता के निधन का समाचार सुनकर वह फूट-फूटकर रो पड़ी। उसका मन राजमाता के अंतिम दर्शन के लिए व्याकुल हो उठा। लेकिन स्वयं राजमाता की सौगंध ने उसके पैरों में बेड़ियाँ डाल दीं।

उसकी मनोदशा देखकर माधव काका बोले, "बेटी, होनी को कौन टाल सकता है! तुम तो यही समझो, राजमाता को मुक्ति मिल गई। वहाँ उनका कौन था! और बेटी, इस तरह रोकर राजमाता की आत्मा को और दुःखी मत करो। तुमको तो पता चल ही गया है कि कुँवरजी ने नेहा से शादी कर ली है। शायद इसी गम ने राजमाता की जान ले ली। तुम्हारे लिए राजमाता ने बहुत बड़ा त्याग किया है। शायद ही किसी सास ने अपनी बहू के लिए इतना कुछ किया हो। बेटी, तुमको केवल उनकी अंतिम इच्छा को ध्यान में रखना चाहिए। और हाँ, भूलकर भी भावना में बहकर महल में फोन मत कर बैठना, नहीं तो राजमाता की इच्छा कहीं मात्र इच्छा ही न रह जाए।"

गुंजन—"हाँ, काका, मैं राजमाता की इच्छा अवश्य पूरी

करूँगी। यही मेरी श्रद्धांजलि होगी। काका, मैं अपने विद्यालय का नाम भी राजमाता के नाम पर रखूँगी।''

माधव ने प्यार से गुंजन के सिर पर हाथ फेरकर अपनी स्वीकृति प्रदान की तथा स्वयं भर आए मन को छिपाने के लिए वहाँ से चला गया।

□

वर्ष-पर-वर्ष बीतते गए। नेहा एक और बेटी की माँ बन गई। वह और कुँवरजी दो-तीन महीने में एक-दो दिन के लिए महल में जाते, ताकि उनके वोट उनके हाथ से न निकलने पाएँ। केवल चुनाव के समय को छोड़कर महल ज्यादातर सुनसान ही रहता। कभी-कभार नेहा जनसेविका बनकर वहाँ आती और लोगों की मदद करके अपने पापों का प्रायश्चित्त करने का प्रयास करती; लेकिन मन का हाहाकार तब भी उसे चैन नहीं लेने देता।

उसका अतीत जब-तब उसकी आँखों के आगे घूम जाता। वह आज भी कुँवरजी के लिए वही पहलेवाली नेहा ही थी, जो मात्र उसके तन की भूख मिटाने का साधन थी। बढ़ती आयु के कारण इधर कुँवरजी ने उसमें दिलचस्पी लेनी भी बंद कर दी थी। इसका उसे कोई मलाल भी न था, वह तो मात्र अपनी बच्ची के लिए कुँवरजी की पत्नी बनी थी। इसलिए सेवा-कार्य करके वह स्वयं को भुलावे में रखना चाहती थी। धन-दौलत की उसके पास कमी नहीं थी। दोनों लड़कियाँ बड़ी हो गई थीं तथा हॉस्टल में रहकर विद्या अध्ययन कर रही थीं। कुँवरजी हमेशा की तरह अपनी पार्टी व अपनी ऐयाशियों में ही व्यस्त रहते। अब वे देश के सर्वाधिक प्रतिष्ठित नेता की श्रेणी में गिने जाने लगे थे। नित नई लड़कियों से उनके संबंधों के बारे में नेहा जानती थी और कुँवरजी भी नेहा के सामने कुछ नहीं छिपाते थे।

□

गुंजन भी मणिकर्ण की सम्मानित नागरिक बन गई थी। उसका विद्यालय बहुत ही प्रतिष्ठा प्राप्त कर चुका था। दो-तीन गाँवों से बच्चे वहाँ पढ़ने के लिए आते थे। प्रतिवर्ष बच्चों की बढ़ती संख्या ने विद्यालय का प्रांगण विशाल बना दिया था। इसी के साथ फलों के जूस की फैक्टरी भी चल निकली थी। उसकी फैक्टरी का जूस कई जगह जाता था। इस समस्त कार्य का दायित्व माधव ने बखूबी सँभाल रखा था। सत्यार्थ बेहद सजीला, आज्ञाकारी व मधुर स्वभाव का युवक बनकर निखरा था, जो इस समय शिमला में उच्च शिक्षा प्राप्त कर रहा था। गुंजन के चेहरे पर अपने पुत्र को देखते ही एक संतोष भर जाता था और राजमाता की यादें उसे घेर लेती थीं। गुंजन ने राजमाता के कथनानुसार ही अपने बेटे को परवरिश व अच्छा वातावरण दिया।

गुंजन के प्रौढ़ व गरिमामयी शरीर में आज गजब की फुरती छाई थी; क्योंकि उसका बेटा छह महीनों के पश्चात् आज घर आने वाला था। अत: विद्यालय का कार्य माला को सौंपकर वह सत्यार्थ के मनपसंद व्यंजन के लिए नौकर को बार-बार समझा रही थी। उसकी इस बेचैनी पर काका-काकी मंद-मंद मुसकरा रहे थे।

स्टेशन पर गाड़ी रुकते ही एक बेहद खूबसूरत नौजवान पीले स्वेटर व काली पैंट में हाथ में सूटकेस लिये उतरा। वह स्वयं से बात करता हुआ बोला, 'माँ तो इस समय स्कूल में होंगी। मैं वहाँ अचानक पहुँचकर उन्हें आश्चर्य में डाल दूँगा।' तेजी से चलता हुआ वह युवक गायत्री देवी मेमोरियल कॉलेज के ऑफिस में जा पहुँचा। लेकिन ऑफिस में एक खूबसूरत नवयुवती को बैठे देखकर अचकचा गया। लगता था मानो उसकी उमंग थम सी गई हो। वह स्वर को संयत कर बोला,

"प्रिंसिपल मैडम कहाँ हैं?"

लेकिन उस नवयुवती को उसका इस तरह ऑफिस में प्रवेश करना नागवार लगा। वह थोड़े तल्ख स्वर में बोली, "प्रिंसिपल मैडम आज नहीं आई हैं। और हाँ, आपको इस तरह ऑफिस में नहीं आना चाहिए। ऑफिस में आने से पहले अनुमति लेना आवश्यक है। और फिर यह विजिटिंग टाइम भी नहीं। कृपया नोटिस बोर्ड पर ऑफिस समय को देखकर ही दुबारा यहाँ प्रवेश कीजिएगा।"

नवयुवक को इन बातों में अपना अपमान सा अनुभव हुआ। वह बोला, "शायद आप मुझे जानती नहीं हैं कि मैं कौन हूँ! आप कौन होती हैं मुझसे इस तरह बात करनेवाली?"

नवयुवती—"जी, मेरा नाम माला है। मुझे प्रिंसिपल महोदया ने ही यहाँ का कार्यभार सौंपा है। रही बात आपकी, तो आप कोई भी हों, इससे मुझे कोई मतलब नहीं। इस विद्यालय के नियम सबके लिए एक जैसे हैं, समझे आप!" माला ने कठोर स्वर में उत्तर दिया।

युवक ने उससे ज्यादा उलझना ठीक नहीं समझा। फिर भी उलाहना भरे स्वर में बोला, "ठीक है, मैं आपके मुँह नहीं लगना चाहता।" इतना कहकर वह तेजी से बाहर निकल गया।

वह युवती गुस्से में काफी देर बड़बड़ाती रही।

गुंजन अचानक बेटे को सामने देखकर भाव-विह्वल हो गई। बेटे ने माँ के चरण-स्पर्श किए। गुंजन ने उसे आशीर्वाद के साथ गले लगा लिया। गुंजन बोली, "सत्य, ट्रेन को आए काफी समय हो गया। तुम कहाँ चले गए थे? तुम्हारे नाना तुम्हें देखने गए हैं।"

सत्यार्थ—"माँ, तुमने नानाजी को बेकार ही कष्ट दिया। अच्छा, नानीजी कहाँ हैं?"

तभी माधव काका की आवाज सुनाई दी, "इसमें कष्ट

कैसा?''

सत्यार्थ ने दौड़कर उनके पैर छू लिये। माधव काका ने प्यार से उसे गले लगा लिया। फिर सत्य ने नानी का भी आशीर्वाद लिया। ऐसा लगता था कि वीराने घर में बहार आ गई हो।

गुंजन दुलार करते हुए बोली, ''सत्य, तुमने बताया नहीं, देर कैसे हो गई?''

सत्य—''माँ, मैं समझा कि आप हमेशा की तरह अपने विद्यालय में होंगी, मैं सीधे विद्यालय चला गया। लेकिन वहाँ आपकी कुरसी पर पता नहीं कौन पागल सी लड़की बैठी थी।''

गुंजन—''वह माला है, हमारे विद्यालय की एक योग्य शिक्षिका।''

सत्य—*(बिना पूरी बात सुने हुए)* ''ठीक है, माँ। मैं जल्दी से तैयार होकर आता हूँ। आप खाना लगाइए, बड़ी जोर की भूख लगी है।''

गुंजन मुसकराकर बेटे के लिए खाना लगाने चली गई। लौटकर वह सत्यार्थ के कमरे में गई। सत्यार्थ स्नान के बाद बालों में कंघी कर रहा था। उसको देखकर गुंजन को क्षण भर लगा मानो कुँवरजी उसके सामने खड़े हैं। वह पुरानी स्मृतियों में खो गई। अनायास ही उसके मुँह से निकला—''बिलकुल अपने पिता का प्रतिबिंब है।''

यह सुनकर सत्यार्थ ने माँ की तरफ देखा, ''माँ, मैं जानता हूँ कि मैं अपने पिता जैसा हूँ; लेकिन जिसने आपको छोड़ दिया—केवल दूसरी औरत के लिए, मैं उसका नाम भी आपके मुँह से नहीं सुनना चाहता। लेकिन क्या करूँ इस सूरत का, जो बार-बार आपको मेरे पिता की कड़वी यादों में ले जाती है।''

गुंजन—''अच्छा, चल, ज्यादा बातें बनाना सीख गया है।

मेरे पास तू है, और मुझे कुछ नहीं चाहिए।"

सत्यार्थ भोजन कर रहा था। गुंजन रसोई में बेटे के लिए गरम-गरम पूड़ियाँ बना रही थी। तभी माला ने प्रवेश किया और सत्यार्थ को देखकर चौंक उठी, "तुम यहाँ?"

सत्यार्थ ने मुसकराकर कहा, "हाँ, मैं यहाँ। क्यों, क्या मैं अपने घर भी तुमसे पूछकर आऊँगा? विद्यालय से तो तुमने निकाल दिया, क्या मुझे मेरे घर से भी निकाल देना चाहती हो?"

माला को कुछ भी उत्तर देते न बना।

गुंजन ने आकर उसे इस असहज स्थिति से उबार लिया, "माला, आओ बैठो। यह मेरा बेटा सत्यार्थ है, जिससे तुम विद्यालय में मिल चुकी हो। सत्य शिमला में इंजीनियरिंग की पढ़ाई कर रहा है। और सत्य बेटा, यह माला है, मेरा दाहिना हाथ। मेरी अनुपस्थिति में पूरे विद्यालय का कार्य यह ही सँभालती है। और हाँ, यह तुम्हारे शिमला इंटर कॉलेज के प्रिंसिपल शर्माजी की बेटी है, जो रिटायरमेंट के बाद यहीं पर बस गए हैं।"

सत्यार्थ—"तो शर्मा सर यहीं हैं। मैं आज ही उनसे आशीर्वाद लेने जाऊँगा।"

गुंजन—"पहले खाना तो खा ले।" फिर माला की ओर मुखातिब होकर—"बेटी माला, तुम भी खा लो।"

माला—"नहीं चाचीजी, घर पर पिताजी इंतजार कर रहे होंगे।"

सत्य—"बैठ भी जाइए, इसे अपना ही घर समझिए। वैसे भी यह आपकी चाची का ही घर है। मैं तो थोड़े दिनों में फिर से वापस चला जाऊँगा।"

माला थोड़े से संकोच के बाद बैठ गई तो गुंजन ने उसकी भी थाली लगा दी और बोली, "मैं तुम्हारे लिए भी गरम-गरम

पूड़ियाँ लाती हूँ।"

सत्य ने पहली बार माला पर तिरछी चितवन डाली तो उसकी सुंदरता से वह विभोर हो उठा। लंबी-छरहरी काया पर बड़ी-बड़ी दो नीली-सी आँखें, जिनकी गहराइयों में कोई भी डूबकर उबरना नहीं चाहेगा। सुतवाँ नाक व गुलाब की पंखुड़ी के समान उभरे गुलाबी रंगत लिये होंठ और उसपर काली लंबी सी ढीली चोटी ने मानो उसकी सुंदरता में चार चाँद लगा दिए हों। उसपर चेहरे पर आती लटें प्रकृति द्वारा लगाया गया नजर का टीका हो। सत्य उसके अप्रतिम सौंदर्य में इतना खो गया कि खाना ही भूल गया।

तभी माँ की आवाज सुनकर चौंका, "सत्य, खाना क्यों नहीं खा रहा?"

सत्य—"आप माला के लिए पूड़ियाँ लेने गई थीं, मैं अकेला कैसे खा लेता!"

माला ने एक तिरछी नजर सत्यार्थ पर डाली। वह सोचने लगी, क्या पुरुष सौंदर्य भी इतना आकर्षक होता है? इसका पता उसे पहली बार लगा। फिर स्वयं ही शरमाकर उसने नजरें हटा लीं।

खाना खाने के पश्चात् माला ने गुंजन से जाने की इजाजत माँगी तो सत्य भी बोल उठा, "माँ, अगर आप कहें तो मैं भी शर्मा सर से मिल आऊँ।"

गुंजन—"ठीक है, बेटा। तुम माला के साथ ही चले जाओ।"

जब दोनों निकले तो तीन जोड़ी निगाहें उनपर टिक गईं।

काकी बोली, "बेटी, कितनी सुंदर जोड़ी लग रही है!"

गुंजन—"सच काकी, दोनों बहुत अच्छे लग रहे हैं।" इसके साथ ही गुंजन की आँखों में कुछ सपने तैर उठे।

माला व सत्य चुपचाप चले जा रहे थे। बीच-बीच में दोनों

एक-दूसरे को कनखियों से देख लेते थे। तभी माला ने खामोशी तोड़ी, "हो सके तो आप मेरी धृष्टता के लिए मुझे क्षमा कर दें। मुझे पता ही नहीं था कि आप चाचीजी के बेटे हैं।"

सत्य—"नहीं, इसमें आपकी कोई गलती नहीं। आपने तो मात्र अपने कर्तव्य का पालन किया। खैर, उन बातों को भूल जाइए। अब तो हम लोग मित्र बन चुके हैं।"

माला ने शरमाकर 'हाँ' में उत्तर दिया।

तभी माला का घर आ गया। तीन कमरों का छोटा सा कॉटेज था। अंदर बैठक में ही प्रिंसिपल शर्मा बैठे थे। सत्यार्थ ने जाकर जब उनके पैर छूए तो वह अचकचाकर माला की तरफ प्रश्न भरी निगाहों से देखने लगे।

"आपने पहचाना नहीं! ये हैं सत्यार्थ प्रताप सिंह, जो आपके विद्यार्थी रह चुके हैं। आप चाचीजी के पुत्र हैं, जो इस समय शिमला में इंजीनियरिंग कर रहे हैं।" माला ने एक साँस में पिता की जिज्ञासा को शांत किया। फिर दोनों को अपनी ओर देखते पाकर वहाँ से चली गई।

तभी उसके कानों में पिताजी व सत्यार्थ की समवेत हँसी सुनाई पड़ी।

शर्माजी—"बैठो बेटा! एक शिक्षक को सबसे ज्यादा खुशी तब मिलती है जब उसका शिष्य अच्छी शिक्षा प्राप्त कर अपना मुकाम प्राप्त कर ले। तुमने मेरी शिक्षा को सार्थक कर दिया। आखिर बुद्धिमान् माँ की संस्कारवान् संतान हो। बेटा, अपनी माँ को मेरा प्रणाम कहना। तुम्हारे नाना-नानी कैसे हैं?"

सत्यार्थ—"सर, सभी ठीक हैं। आपके यहाँ आने से माँ को बहुत सहारा मिला है। मालाजी ने माँ का काम काफी हलका कर दिया। माँ मालाजी की बहुत प्रशंसा कर रही थीं।"

शर्माजी—"यह तो उनका बड़प्पन है। बेटा, उन्होंने इस कस्बे को जो इज्जत दी है, वह अमूल्य है। तुम्हारी माताजी

बहुत ही श्रद्धेय महिला हैं। पूरा मणिकर्ण उनको देवी के समान पूजता है।''

सत्यार्थ—''जी सर!''

तभी माला ने जलपान लाकर रख दिया।

जलपान के बाद सत्यार्थ ने जाने की आज्ञा माँगी। शर्माजी बड़ी देर तक उसको जाते देखते रहे, फिर माला से बोले, ''बड़ा ही शालीन लड़का है।''

माला तो मानो उसी के खयाल में खोई थी। उधर सत्यार्थ का भी यही हाल था। वह भी माला पर मुग्ध हो चुका था।

दूसरे दिन सत्यार्थ मणिकर्ण के प्रसिद्ध शिव मंदिर में प्रात: दर्शन के लिए गया। दर्शन करके वह जैसे ही पलटा, उसने नारंगी साड़ी पहने माला को एक पत्थर पर बैठे पाया। इस समय वह साक्षात् वनदेवी लग रही थी। उसके चेहरे पर पड़ रही सुबह की प्रथम किरण उसके सौंदर्य को और अधिक पवित्र बना रही थी। सत्यार्थ उधर ही खिंचा चला गया, जहाँ माला बैठी शायद सैंडिल पहन रही थी। सत्यार्थ के 'मालाजी' कहकर पुकारने पर वह एकाएक पलटी। उसकी खुली केशराशि सत्यार्थ के कोट के बटन में उलझ गई। वह पूरी तरह से घूम भी नहीं पा रही थी। वह हाथ घुमाकर बालों को छुड़ाने का असफल प्रयास करने लगी।

तभी सत्यार्थ बोला, ''आप सीधी खड़ी रहिए, मैं निकालता हूँ।''

माला संकोचवश सत्यार्थ से दूर खड़ी थी, जिससे बाल तने होने के कारण खिंच रहे थे।

सत्यार्थ—''आप थोड़ा पास आइए, तभी बाल ढीले होकर निकल पाएँगे।''

माला सत्यार्थ के काफी पास आ गई। सत्यार्थ की गरम साँसें वह अपनी गरदन पर महसूस कर रही थी। सत्यार्थ भी

अपने दिल की धड़कनों को काबू में रखकर बाल छुड़ाने लगा; जिसमें थोड़ी देर बाद वह सफल हो गया।

तभी माला जाने लगी। सत्यार्थ ने कहा, "माला, रुको।"

माला ठिठक गई।

सत्यार्थ उसकी आँखों में झाँकते हुए शरारत से बोला, "तुम जानती हो, तुम्हारे बाल मेरे कोट में क्यों उलझे? शायद भगवान् शिव भी यही चाहते हैं कि हम-तुम हमेशा साथ रहें।" सत्यार्थ ने धीरे से माला का हाथ पकड़ लिया, "माला, बोलो, हमेशा मेरे साथ रहोगी? माला, मैं पहली ही नजर में तुमको अपना मान चुका हूँ। अगर तुम भी मुझे पसंद करती हो तो ठीक, नहीं तो मैं फिर कभी ऐसी बात नहीं करूँगा।"

माला *(लजाते हुए)*—"मंदिर में भगवान् के समक्ष मैं आपको स्वीकार करती हूँ।" इतना कहकर उसने अपनी नजरें सत्यार्थ पर टिका दीं। सत्यार्थ के हाथों का बंधन और बढ़ गया।

दोनों साथ-साथ वापस लौटे। दोनों का प्रेम परवान चढ़ने लगा।

गुंजन व काका-काकी भी दोनों में आए परिवर्तन को प्रत्यक्ष अनुभव करने लगे। एक दिन सुबह गुंजन ने समाचार-पत्र में देखा कि कुँवरजी पार्टी कार्यकर्ताओं के अनुरोध पर मणिकर्ण आ रहे हैं। यह खबर पढ़कर उसका दिल जैसे किसी अनहोनी के लिए धड़कने लगा। उसने माधव काका को यह समाचार बताया।

माधव काका ने इत्मीनान से कहा, "बेटी, चिंता न करो। हमें केवल थोड़ी सावधानी ही बरतनी होगी। दो तीन दिन तक, जब तक कुँवरजी यहाँ रहते हैं, हम लोगों में से कोई बाहर नहीं जाएगा। विद्यालय का कार्य माला सँभाल लेगी। फैक्टरी के कार्य के लिए सत्य को भेज दूँगा।"

"यह ठीक रहेगा।" कहकर गुंजन आश्वस्त हो गई। उसने माला को बुलाकर कहा, "बेटी, कुछ दिनों तक विद्यालय का कार्य तुम देख लो। मेरी तबीयत ठीक नहीं लग रही है।"

इसी तरह काका ने भी सत्यार्थ को फैक्टरी के कार्य के लिए राजी कर लिया। दोनों अपने-अपने कार्यों में व्यस्त हो गए। लेकिन पता नहीं क्यों, गुंजन का दिल फिर भी घबरा रहा था।

□

माला विद्यालय का कार्य समाप्त करके रोज उसकी रिपोर्ट गुंजन को देने घर आती थी। गुंजन व काका-काकी कहीं व्यस्त थे। तभी सत्य ने माला को अकेले पाकर अपनी बाँहों में भर लिया।

माला कसमसाकर बोली, "छोड़ो, अगर चाची ने देख लिया तो···"

अभी वह बात पूरी भी नहीं कर पाई थी कि गुंजन की खनकती हँसी ने दोनों को शर्मसार कर दिया। "चाची ने सब देख लिया, तुम दोनों की चोरी पकड़ी गई।" गुंजन की हँसी सुनकर काका-काकी भी आ गए। तभी गुंजन काकी से बोली, "काकी, यही है हमारी होने वाली बहू। मुझे तो बहुत पसंद है और आपको?"

काका हँसते हुए बोले, "जब ये दोनों राजी हैं तो हमें क्या! अब शर्माजी से बात करनी है। क्यों, माला बिटिया?"

माला शरमाकर बाहर भाग गई।

बहुत देर तक सबकी हँसी उसे गुदगुदाती रही। तभी अचानक वह किसी से टकरा गई। उसने निगाह उठाकर देखा, आँखों में वहशी चमक लिये एक प्रौढ़ पुरुष उसे मुसकराकर थामे था। माला ने अपने को सँभालकर माफी माँगी और तेजी से अपने घर की तरफ चल पड़ी। उस आदमी की दृष्टि वह

देह पर गड़ती-सी महसूस करती रही। खुशी का जो नशा उसपर सवार था, वह भी इस मुठभेड़ से जाता रहा। फिर उसने सिर झटककर इससे अपने को मुक्त किया और अपने सत्य की यादों में फिर से खो गई।

लेकिन होनी को कुछ और ही मंजूर था। माला जिस व्यक्ति से जा टकराई वह और कोई नहीं, कुँवरजी ही थे, जो माला के कमसिन सौंदर्य पर मर मिटे थे। उनके अंदर के शैतान ने फिर से अपना फन फैला लिया था।

उन्होंने स्थानीय विधायक से पूछा, ''यह बला कौन थी?''

''जी, यहाँ के रिटायर्ड प्रिंसिपल की बेटी है। यहीं के विद्यालय में पढ़ाती है।''

कुँवर साहब—''इसने तो मुझे घायल कर दिया है। तुम्हें क्या करना है, यह समझाने की जरूरत नहीं है।''

विधायक—''जी, समझ गया। लेकिन यह कार्य मुश्किल है।''

कुँवर साहब—''मैं कुछ नहीं जानता। यह कार्य आज ही रात होना चाहिए। मुझे ज्यादा इंतजार पसंद नहीं।''

□

पहाड़ों पर शाम जल्दी हो जाती है। माला भी खाना खाकर रसोईघर को व्यवस्थित कर रही थी कि दरवाजे पर दस्तक हुई। उसने खिड़की खोलकर देखा—बारह-तेरह वर्ष का एक लड़का खड़ा था, जो गुंजन चाची के घर के पास ही रहता था।

''अरे श्यामू, तुम यहाँ क्या कर रहे हो?'' उसने पूछा।

श्यामू—''दीदी, आपको प्रिंसिपल साहिबा ने बुलाया है। उनकी तबीयत ठीक नहीं है।''

माला को गुंजन की तबीयत खराब होने का पता था। वह शॉल ओढ़कर पिता से बोली, ''पिताजी, मैं गुंजन चाची

के यहाँ जा रही हूँ। पता नहीं, उन्होंने मुझे क्यों बुलवाया है।''

''अच्छा बेटी, जाओ। थोड़ी देर में मैं भी आता हूँ।''

माला चल दी। वह अभी कुछ दूर ही गई थी कि कुछ लोगों ने उसका मुँह बंद कर कार में डाल लिया। वह छटपटाती ही रह गई। गाड़ी तेजी से चली गई। तभी श्यामू घबड़ाकर प्रिंसिपल साहब के घर भागा और जोर-जोर से दरवाजे पर दस्तक देने लगा।

गुंजन ने दरवाजा खोला, फिर श्यामू को देखकर बोली, ''क्या बात है, श्यामू? तुम इतना घबड़ाए हुए क्यों हो?''

श्यामू *(हकलाकर)*—''दीदी···माला दीदी को कुछ लोग जबरदस्ती गाड़ी में उठा ले गए। मुझको पैसा देकर आपकी बीमारी की झूठी खबर देने को कहा। माला दीदी के बाहर आते ही वे उन्हें उठा ले गए।''

गुंजन पर मानो वज्रपात हो गया। तभी उसकी आँखों से शोले बरसने लगे। वह जान गई कि जिस अनहोनी का उसे पूर्वानुमान हो रहा था, वह घट चुकी है। अब उसे किसी तरह इस अनर्थ को रोकना होगा, नहीं तो···आगे वह सोच भी नहीं सकी। वह श्यामू से बोली, ''तुम जाओ और यह बात किसी से मत कहना। मैं तुम्हारी दीदी को वापस ले आऊँगी।'' गुंजन तेजी से माधव काका के कमरे में गई। अति गंभीर स्वर में बोली, ''काका! मेरे साथ चलिए, नहीं तो अनर्थ हो जाएगा। और काकी, सत्य को कुछ मत बताइएगा। उसे सोने दीजिए। उसे मेरे जाने की भनक भी नहीं पड़नी चाहिए।''

गुंजन की गंभीर मुखमुद्रा देखकर काका बिना कुछ पूछे चल पड़े। रास्ते में गुंजन ने काका को सबकुछ बताया और बोली, ''आप भी जान गए होंगे कि माला को कौन उठवा सकता है! कुँवरजी जैसे ही यहाँ आए थे, तभी मुझे डर लगने लगा था।''

गुंजन व काका शीघ्र गेस्ट हाउस पहुँच गए। वे अंदर जाने लगे। तभी कुँवर साहब के आदमियों ने उन्हें रोका। इतने में गुंजन की नजर कुँवर साहब के पुराने चमचे पर पड़ी, जो उसे जानता था। वह जोर से बोली, "बाँके! कुँवर साहब को रोको, नहीं तो अनर्थ हो जाएगा। वह लड़की उनकी होनेवाली बहू है।"

बाँके भी गुंजन को देखकर अवाक् रह गया। बोला, "जी, रानी साहिबा!"

वह तेजी से कुँवर साहब के कमरे की तरफ दौड़ा। अब किसी में गुंजन को रोकने की हिम्मत न थी। वह और माधव काका कुँवर साहब के कमरे की तरफ बढ़ गए। अंदर से आती माला की गिड़गिड़ाहट भरी चीखों ने गुंजन का कलेजा हिला दिया। वह माधव काका से बोली, "माधव काका! दरवाजा तोड़ दीजिए।"

माधव काका व बाँके दोनों ने मिलकर दरवाजे को तोड़ना शुरू ही किया था कि नशे में धुत्त कुँवर साहब ने गुस्साकर बाँके पर चिल्लाते हुए दरवाजा खोला। सामने गुंजन को देख उनका सारा नशा हिरन हो गया। गुंजन उन्हें खा जानेवाली नजरों से देख रही थी। कुँवर साहब कुछ समझते, तभी गुंजन कमरे में घुस गई। माला अर्धनग्न अवस्था में कोने में खड़ी थरथर काँप रही थी। गुंजन को देखकर वह चीखती हुई उससे आ लिपटी। गुंजन ने अपने शॉल से उसको ढक लिया और व्यंग्य भरे स्वर में बोली, "आज तक तुम्हारे हर अत्याचार को मैं चुपचाप सहती आई, सिर्फ अपने बेटे के लिए। लेकिन आज तुमने हद ही कर दी। जिस लड़की की तुम इज्जत लूटने जा रहे थे, पता है, वह कौन है? तुम्हारे बेटे की होनेवाली पत्नी। कुदरत का इनसाफ देखो, औरों की बहू-बेटियों की इज्जत से खिलवाड़ करनेवाला आज अपनी ही बहू की इज्जत लूटने जा

रहा था।''

माला अवाक् सी कभी गुंजन को, कभी कुँवर साहब को देखती रही।

तभी गुंजन माधव काका से बोली, ''काका, माला को घर ले जाइए। मेरी परवाह मत कीजिए। इस इनसान ने मुझे पहले ही इतने दंश दिए हैं कि मेरा शरीर अभी तक विषाक्त है।''

कुंवर साहब को काटो तो खून नहीं। वह धीरे से बोले, ''गुंजन, मुझे माफ कर दो।''

गुंजन दहाड़ उठी, ''चुप रहो! तुम्हें तो भगवान् भी माफ नहीं करेगा। अगर मुझे देर हो जाती तो मेरी दुनिया फिर से तुम बरबाद कर देते। मैंने तुम्हारा क्या बिगाड़ा है? मैं तो चुपचाप सबकुछ छोड़कर चली आई कि अपने बेटे को सही परवरिश दूँगी। लेकिन तुमने यहाँ आकर भी मेरे बेटे को बरबाद करना चाहा। राजमाता ठीक कहती थीं। तुममें नैतिकता है ही नहीं। अगर अब भी तुममें तनिक भी गैरत है तो इसी वक्त यहाँ से चले जाओ। और हाँ, मैं तुम्हारे लिए मर चुकी हूँ। यह याद रखना और दुबारा यहाँ मत आना। नहीं तो एक माँ क्या कर बैठेगी, यह तुम भी नहीं जानते, समझे!'' इतना कहकर गुंजन आँधी की तरह वापस चली गई।

कुँवर साहब एक साथ इतने झटके खाकर जड़ हो गए। उनकी जबान तालू से जा चिपकी। फिर धम्म से वह वहीं फर्श पर बैठ गए—'हे भगवान्! यह मैं क्या करने जा रहा था? अपनी ही बेटी समान बहू के वस्त्रों पर मैंने हाथ डाले। मुझसे बड़ा पापी कोई नहीं होगा। गुंजन ने मुझको छोड़कर अच्छा ही किया। अब मैं सारी जिंदगी अपने बेटे को मुँह नहीं दिखा पाऊँगा।' तभी थकी आवाज में उन्होंने बाँके को वापसी के लिए कहा। उनकी हर गलतियों में उनका साथ देनेवाला बाँके

भी आज उन्हें घृणा से देख रहा था। फिर उसने कुँवरजी से कहा, ''मैं आपकी तैयारी कर देता हूँ, बेहतर है कि आप यहाँ से चले जाइए। मैं उस देवी से क्षमा माँगकर ही आऊँगा। मुझे भी मरकर भगवान् के सामने जवाब देना है।''

कुँवर साहब—''ठीक है। बाँके, तुम ठीक कहते हो। मैं ही इतना बड़ा पापी हूँ कि मुझे तो शायद ही भगवान् माफ करे और उस देवी के पास दुबारा जाकर मैं उसका और अपमान नहीं कर सकता।''

कुँवरजी रात में ही वहाँ से कूच कर गए। रास्ते भर वे पश्चात्ताप के आँसू बहाते रहे। उन्हें अपने कर्मों की इतनी बड़ी सजा मिलेगी, वह यह सोच भी नहीं सकते थे कि बेटे के होते हुए भी वह उससे कभी भी नहीं मिल सकेंगे। 'हे भगवान्! इससे तो अच्छा है, मुझे मौत ही आ जाए।' उन्हें अपने किए सभी कृत्य याद आने लगे। तभी मनमोहन का चेहरा उनकी आँखों के सामने आ गया कि किस तरह उन्होंने मनमोहन व नेहा का विवाह बड़े-बुजुर्ग की तरह कराया तथा स्वयं नेहा का कन्यादान किया। लेकिन आँखों पर वासना की ऐसी पट्टी पड़ी थी कि वह उस पवित्र रिश्ते ही भूल गए। शायद भगवान् ने उनके इस अपराध की सजा उन्हें इस प्रकार दी है कि वह हमेशा अपने पुत्र के लिए तड़पते रहेंगे। उन्हें अपने आप से घृणा होने लगी। लेकिन अब क्या हो सकता था? उन्हें यह सजा तो काटनी ही होगी। यह सोचकर उनकी आँखों से आँसू गिर रहे थे। उन्होंने कार की सीट पर सिर टिका दिया, मानो प्रकृति के इस न्याय के सामने सिर झुका दिया हो।

गुंजन उसी समय माला के घर पहुँची। माधव काका वहाँ पहले से ही मौजूद थे। उन्होंने शर्माजी को वस्तुस्थिति से अवगत करा दिया था। माला सदमे की स्थिति में अपने कमरे में चली गई थी।

गुंजन—"शर्माजी, मैं आपको यह खुशखबरी देने ही वाली थी कि सत्य व माला एक-दूसरे से प्रेम करते हैं और हम लोगों ने माला को अपनी बहू बनाने का निश्चय किया है। लेकिन इस घटना ने सारी खुशियों पर पानी फेर दिया। अगर आप राजी हों तो मैं जल्दी ही दोनों की सगाई कर देती हूँ तथा सत्य की पढ़ाई पूरी होते ही दोनों का विवाह भी।"

शर्माजी—"मुझे कोई एतराज नहीं है; परंतु एक बात मैं कहना चाहता हूँ कि माला अब कभी भी कुँवरजी से नहीं मिलेगी और न ही वह विवाह में शरीक होंगे।"

गुंजन—"शर्माजी, आप चिंता न करें। उनके लिए मैं मर चुकी हूँ। उन्होंने स्वयं मेरा झूठा अंतिम संस्कार कर दिया है। अब इस रिश्ते को जीते-जी मैं दुबारा कायम नहीं करूँगी। यह आपसे मेरा वादा है। मैं माला से मिलकर आती हूँ।"

माला अपने कमरे में निश्चल बैठी थी। गुंजन को देखते ही वह उससे लिपट गई और जोर-जोर से रोने लगी, "माँ, मेरी वजह से आपको अपने पति..."

गुंजन बीच में ही बोल उठी, "बेटी, कुछ न कहो; क्योंकि उन्होंने जो अपराध किया था वह अक्षम्य था। तुम इस घटना को भूलकर सामान्य होने की कोशिश करो। तुम मेरी होनेवाली बहू हो। और हाँ, बेटी, मैं तुमसे एक विनती करती हूँ कि इस घटना का जिक्र सत्य से मत करना। नहीं तो वह अपनी ही नजर में गिर जाएगा और खुद को तुम्हारा अपराधी समझने लगेगा, जो तुम दोनों के रिश्ते के लिए ठीक नहीं होगा। बेटी, मैंने अपने बेटे के लिए बड़े कष्ट उठाए हैं। मैं अपने पति के इस घिनौने कृत्य के लिए हाथ जोड़कर तुमसे माफी माँगती हूँ।"

माला—"माँ, आप चिंता न करें। मेरे जीते-जी इस घटना का जिक्र भी सत्य के सामने नहीं होगा। माँ, आपने जो मेरे

लिए किया वह कोई भी नहीं कर सकता। मैं पिताजी को भी समझा दूँगी। माँ, मैं जानती हूँ कि कोई भी औरत जब तक बहुत मजबूर न हो जाए, अपने पति का घर नहीं छोड़ती। मैं आपकी मजबूरी जान गई हूँ। मुझे आशीर्वाद दीजिए कि मैं भी आपकी तरह नारी मर्यादा की रक्षा कर सकूँ।''

गुंजन—''नहीं बेटी, तुम्हें दुःख छू भी न पाए। तुम कभी भी मेरी तरह अभाग्यशाली न हो। तुम्हें अपने पति का भरपूर प्यार मिले, यही मेरा आशीर्वाद है।''

माला ने गुंजन के पैर छू लिये। गुंजन माला के सिर पर हाथ फेरकर माधव काका के साथ वहाँ से निकल गई। रास्ते में गुंजन के सब्र का बाँध टूट गया। उसकी आँखें बरस पड़ीं, ''काका, मेरे ही भाग्य में ऐसा क्यों लिखा है?''

माधव—''बेटी, सब्र से काम लो। एक दिन सब ठीक हो जाएगा। शायद कल की घटना से कुँवरजी का हृदय-परिवर्तन हो जाए।''

गुंजन—''फिर भी काका, मेरे लिए कुँवर का साथ असंभव है। मैं यही चाहती हूँ कि वह अब नेहा के प्रति वफादार रहें।''

माधव—''बेटी, तुम बहुत अच्छी हो! मुझे गर्व है कि मैं तुम्हारा काका हूँ।''

गुंजन—''सत्य को इस बात की खबर भी न होने पाए।''

माधव—''तुम चिंता मत करो।''

घर पहुँचकर गुंजन अपने सीने पर भारी बोझ लिये अपने कमरे में आ गई। सत्य को कुछ भी नहीं पता चला, यह जानकर वह चिंतामुक्त हो गई। वह रात भर आँसू बहाती रही।

सुबह उठकर वह विद्यालय जाने के लिए निकली ही थी कि बाँके ने आकर उसके पैर पकड़ लिये, ''रानी साहिबा! मुझे माफ कर दीजिए, नहीं तो मैं चैन से जी नहीं सकूँगा।''

गुंजन—"कुँवर साहब चले गए?"

बाँके—"जी रानी साहिबा! वह तुरंत ही चले गए। वह पश्चात्ताप की अग्नि में जल रहे थे।"

गुंजन—"पश्चात्ताप! क्या फायदा ऐसे पश्चात्ताप से! खैर, मुझे तुमसे कोई शिकायत नहीं।"

तभी सत्य वहाँ पहुँचा और बाँके को देखकर बोला, "माँ, यह कौन हैं?"

गुंजन—"यह तेरे पिताजी के मातहत हैं।"

बाँके—"यह छोटे कुमार साहब हैं। कुँवर साहब की तरह ही लगते हैं।"

सत्यार्थ—"ठीक है। अगर मेरे पिताजी मिलें तो कहना, उन्होंने जो दुःख मेरी माँ को दिए हैं, उसके लिए मैं उन्हें कभी क्षमा नहीं कर सकता। मेरे लिए मेरी माँ ही सबकुछ हैं।"

गुंजन—"बाँके, अब तुम जाओ।"

बाँके चरण-वंदना कर चला गया।

सत्यार्थ—"माँ, आपने बताया क्यों नहीं कि समर बहादुर सिंह मेरे पिता हैं? आप उन्हीं से मिलने माधव काका के साथ गई थीं न? क्या उन्होंने आपको बुलवाया था? अगर वे कभी मिलें तो मैं उनसे आपके दुःख का एक-एक हिसाब लूँगा।"

गुंजन—"नहीं बेटा, उन्हें अपनी दुनिया में रहने दो। हम लोगों के जाते ही उनका परिवार बिखरने लगेगा। मुझे तुम्हारे सिवा कुछ नहीं चाहिए। मुझे किसी से शिकायत नहीं।"

□

तभी सत्य की आवाज ने उसे वर्तमान में ला दिया। अखबार अभी भी उसके हाथों में फड़फड़ा रहा था। कुछ ही क्षणों में वह पूरी जिंदगी दुबारा जी चुकी थी।

सत्यार्थ *(घबड़ाकर)*—"माँ, क्या हुआ? आप रो क्यों रही हैं?"

गुंजन ने कुछ न कहकर अखबार सत्य की तरफ बढ़ा दिया। समाचार पढ़कर सत्य भी गमगीन हो उठा।

तभी माधव काका ने रोते हुए गुंजन से कहा, "बेटी, तुमको वहाँ जाना चाहिए। कुँवर साहब का अंतिम संस्कार उनके बेटे द्वारा ही होना चाहिए।"

सत्य—"हाँ माँ, चलिए, तैयारी कीजिए। हमें शीघ्र चल देना चाहिए।"

गुंजन अभी भी रोए जा रही थी। यह सच था कि कुँवर साहब ने उसे धोखा दिया था, लेकिन वह तो उन्हें ही प्यार करती थी।

□

महल में कदम रखते ही गुंजन भावुक हो उठी। एक दिन उसने इसी महल में लाल जोड़ा पहनकर प्रवेश किया था। इस समय गुंजन सफेद कपड़ों में महल में दुबारा प्रवेश कर रही थी। तभी नेहा की नजर गुंजन पर पड़ी तो वह रोते हुए गुंजन से लिपट गई, "दीदी, मुझे माफ कर दीजिए, मुझे माफ कर दीजिए।"

गुंजन ने उसके सिर पर हाथ फेरकर उसे क्षमादान दिया तथा सत्य से नेहा के चरण-स्पर्श करने को कहा। नेहा ने सत्य का माथा चूम लिया। गुंजन ने नेहा की दोनों बेटियों को प्यार किया। दोनों 'बड़ी माँ' कहकर गुंजन से लिपटकर रोने लगीं। वहाँ का वातावरण इस अनोखे मिलन से बहुत ज्यादा भावुक हो गया। गुंजन को वहाँ देखकर सभी लोग बिना कुछ कहे सब समझ गए कि किस प्रकार कुंवरजी ने गुंजन की मौत की झूठी खबर फैलाई। मन-ही-मन उनका मन कुँवरजी की भर्त्सना करने लगा और गुंजन के प्रति नतमस्तक हो गया। गुंजन सबको आश्चर्यचकित छोड़कर अपने कक्ष से अपने सुहाग का जोड़ा उठा लाई और अंतिम श्रद्धांजलि के रूप में गुंजन ने आगे

बढ़कर कुँवरजी के पैरों के ऊपर रख दिया।

गुंजन धीरे से बुदबुदा उठी, "कुँवरजी, आपके दिए दंश की निशानी को मैं आपको ही सौंपती हूँ।" और पलटकर वहाँ से चल पड़ी।

सत्य भी माँ को गौर से देख रहा था। वह समझ गया कि माँ कहीं गहरे आहत हुई हैं। उसने माँ के पास जाकर उन्हें दोनों हाथों से थाम लिया। गुंजन भी बेटे के कंधे से लिपटकर रोने लगी। उसके आँसू कंधे के उन दंश के निशानों को भिगोने लगे, जो कुँवरजी द्वारा उसे प्रथम रात्रि में दिए गए थे। उसे लगा कि उन दंशों की चुभन अब कम हो गई है। उसने दृढ़ता से सत्य का हाथ थाम लिया।

शाम तक सभी अंतिम संस्कार कर वापस लौट आए। गुंजन व सत्य को यह सूचना दी गई कि कुँवर साहब ने महल सहित अपनी समस्त चल व अचल संपत्ति—राजधानी का घर, जो उन्होंने नेहा व उसकी बेटियों के नाम किया था तथा तीनों के नाम किए दस-दस लाख रुपए को छोड़कर—सभी सत्यार्थ के नाम कर दिए थे, जिसे सत्य ने अपनी माँ की भावनाओं से अनजाने ही स्वीकार करने के लिए सिर हिला दिया।

गुंजन इस सदमे को बरदाश्त नहीं कर सकी। वह चुपचाप उसी कक्ष में चली आई जहाँ से उसकी बरबादी की कहानी शुरू हुई थी। इसी मानसिक स्थिति में वह अपने अध्ययनकक्ष में गई। वहाँ उसकी लिखी अधूरी डायरी पड़ी थी। वह डायरी के अंतिम शब्दों को रूप देने लगी—'राजमाता, मुझे माफ कर दीजिए। मेरा और आपका—दोनों का त्याग बेकार गया। परवरिश के ऊपर खानदानी दौलत प्रभावी हो गई। मैं आपकी अंतिम इच्छा पूरी न कर सकी।' इसी स्थिति में टूटी हुई गुंजन न जाने कब सो गई।

सत्य ने माँ को शयनकक्ष में ढूँढ़ा। फिर अध्ययनकक्ष में

बेहाल स्थिति में सोया देखकर उसका हृदय दुःखी हो उठा। उसकी नजर माँ के हाथों में दबी डायरी पर पड़ी, जिसे उसने धीरे से उठा लिया। माँ को चादर ओढ़ाकर वह बैठक में आ गया और डायरी के पन्ने पलटने लगा।

"माँ, उठिए। घर नहीं चलना है क्या?"

सत्य के जगाने पर गुंजन उठ बैठी।

सत्य ने माँ की गोद में सिर रखकर कहा, "माँ, मुझे माफ कर दो। मुझे पता नहीं था कि आपने और दादी माँ ने मेरे लिए इतना बड़ा त्याग किया। मैंने आपकी ड़ायरी पढ़ ली है। चलिए माँ, अपने घर चलें। यहाँ पर मैंने समस्त संपत्ति का ट्रस्ट मनमोहन अंकल के नाम से बनाकर उसका अध्यक्ष नेहा आंटी को बना दिया है। बाकी की संपत्ति अपनी दोनों बहनों के नाम कर दी। महल को एक संस्था को दान कर दिया है, जो यहाँ पर विद्यालय व अस्पताल खोलेगी। माँ, अब किसी भी गुंजन को यहाँ दंशित नहीं होना पड़ेगा। किसी भी औरत की सिसकी इन पत्थरों में नहीं गूँजेगी। चलिए माँ! नहीं तो ट्रेन छूट जाएगी।"

गुंजन ने प्यार से बेटे को गले लगा लिया। गुंजन को लगा कि राजमाता सामने खड़ी मुसकरा रही हैं। गुंजन की आँखों से खुशी के आँसू झरने लगे। बेटे की बाँहों में घिरी वह कब महल से बाहर आ गई, उसे पता ही नहीं चला।

नेहा दूर तक गुंजन को जाते हुए देखती रही। फिर बोल उठी, "दीदी, आपने सबकुछ खोकर भी सब पा लिया। मैंने सबकुछ पाकर भी सब खो दिया। कुँवर साहब ने तो मौत को गले लगाकर अपना प्रायश्चित्त पूरा कर लिया, लेकिन मुझे अभी भी सजा काटनी है; क्योंकि मैं दो लोगों के विश्वासघात की अपराधिनी हूँ।" नेहा दुःख के आँसू लिये उस सूनी राह को देखने लगी, जिधर से गुंजन अपने पुत्र के साथ चली जा रही

थी। फिर ठंडी साँस लेकर वह भी राजधानी के लिए चल पड़ी।

□□□